악동 이야기

세계문학산책 32
악동 이야기

지은이 **루트비히 토마**
옮긴이 **붉은여우**
펴낸이 **안용백**
펴낸곳 **(주)넥서스**

초판 1쇄 인쇄 2013년 5월 15일
초판 1쇄 발행 2013년 6월 1일

출판신고 1992년 4월 3일 제311-2002-2호
121-840 서울시 마포구 서교동 394-2
Tel (02)330-5500 Fax (02)330-5555

ISBN 978-89-6790-150-9 04800

출판사의 허락없이 내용의 일부를
인용하거나 발췌하는 것을 금합니다.

가격은 뒤표지에 있습니다.
잘못 만들어진 책은 구입처에서 바꾸어 드립니다.

www.nexusbook.com
지식의 숲은 (주)넥서스의 인문교양 브랜드입니다.

세계문학산책 32

루트비히 토마
악동 이야기

붉은여우 옮김　김욱동 해설

지식의숲

차 례

귀하신 몸 ...007
기운이 센 아이 ...012
누나들 ...019
양어장에서 ...024
귀한 집 아이 ...030
방학 ...036
고양이 꼬리에 화약 달기 ...042
여반장 나리 ...051
나의 어린양 ...058
성자의 조각상 ...065
음모 ...075
사상 최대의 보복 ...077
허풍선이들 ...081
노랑이 부부 ...087
착해지고 싶어도…… ...096
흡연실에서 ...103
맥주병을 던지다 ...109
술병이 나다 ...114
프리다 고모 ...122
앵무새 로르 ...130
돌아가신 아버지를 헐뜯다니 ...135
앵무새, 이놈! ...141

남을 울릴 줄만 알았지…… ...147
총각 판사 ...153
화약을 터뜨리다 ...160
슐츠 아저씨 ...168
교장 선생님 댁에서 ...174
구멍 뚫린 그림 ...179
첫사랑 ...184
연애편지 사건 ...191
젬멜마이어 대위 ...199
달팽이 페피 ...206
막스와 친구가 되다 ...212
배가 고파요 ...219
달걀 세례 ...226
빈딩거 선생 ...234
약혼 ...239
똑똑한 여자아이 ...244
그 아이처럼 되지는 못하지 ...251
마리 누나의 결혼 ...260
피로연에서 ...266
어린아이 ...273
멍청한 빈딩거 ...279

귀하신 몸

 여름철이 되자, 세크네 농장에 손님들이 찾아왔다. 도시에 사는 돈 많은 사람들이 가족과 함께 여름휴가를 보내기 위해 찾아온 것이다.

 그들이 역에 도착했을 때, 나는 마침 역 광장에서 놀고 있었다. 나는 처음에는 그들을 유심히 살펴보지 않았다. 다만 역에서 일하는 짐꾼이 그들의 짐을 부산스레 옮기는 것을 무심코 보았을 뿐이다.

 그들의 짐을 마차에 실어 보내고 나서 짐꾼은 고개를 설레설레 저으며 말했다.

 "루트비히야, 너도 봤지? 저 사람들이 가져온 가죽 가방 말이다. 그게 모두 러시아제 가죽으로 만든 것이란다. 돈이 굉장히 많은 사람들인가 봐."

집으로 돌아오자, 어머니도 그 사람들 이야기를 했다.

"애야, 그분들은 큰 도시에서 온 훌륭한 분들인데 돈도 무척 많으시다는구나. 혹시 길에서 그분들을 만나면 인사를 잘해야 한다."

그날은 가는 곳마다 도시에서 왔다는 세크네 농장 손님들 이야기뿐이었다. 나는 그 집 사람들이 뭐가 그리 대단하다고 그 야단들인지 도무지 이해할 수가 없었다.

무슨 고문관이라는 그 집안의 아버지 비숍 씨의 생김새를 두고 하는 말이라면, 좀 이해가 되었다. 그 사람의 생김새와 옷차림은 정말 유난스럽기 짝이 없었으니까.

비숍 씨는 롱부츠를 신고 다녔다. 러시아제 가죽으로 만든 부츠는 번쩍거렸고, 걸음을 옮길 때마다 뽀드득뽀드득 가죽이 찢어질 듯 소리가 요란했다.

또 그 사람이 서 있는 모습은 마치 가느다란 다리 위에 뚱뚱한 몸뚱이가 놓여 있는 꼴이 영락없이 샴페인 술잔 같았다. 그에겐 허리라는 것이 없었고 사방으로 둥글게 퍼진 술통 같은 배뿐이었다.

셔츠와 조끼의 단추들은 억지로 채워져 있었고, 양복저고리는 그 큰 배를 가려 주지 못하고 떠받치듯 걸쳐져 있었다. 만약 단추들이 튕겨 나가기라도 한다면, 비숍 씨의 배는 마치 폭포처럼 쏟아져 내릴 것 같았다.

비숍 씨도 자기 배가 무척 신경 쓰이는 모양이었다. 자기 배를 바라보는 사람들의 시선을 위쪽으로 끌어올리려고 했는지, 마치 토끼 꼬리처럼 생긴 하얗고 둥그스름한 구레나룻을 기르고 다녔다. 구레나룻은 바람이 조금만 불어도 하늘하늘 나부끼곤 했다.

그런데 비숍 씨의 이런 모습에 대해 이야기하는 사람은 하나도 없었다. 하다못해 촐싹거리는 그의 부인에 관해서도 뭐라고 말하는 사람이 없었다. 비숍 부인은 이 무더운 여름날에도 손에 장갑을 끼고 다녔다. 그리고 질퍽한 땅바닥만 봐도 비명을 지르며 치맛자락을 추어올리기 일쑤였다.

이들 가족은 첫날 저녁부터 동네를 돌아다니며 구경하기 시작했다. 그들은 작고 보잘것없는 집 앞에서는 오랫동안 서 있곤 했다. 마치 그것이 동네 구경을 하는 데 꼭 지켜야 하는 원칙이라도 되는 것처럼 말이다.

그러니 그들이 우리 집 앞에서 걸음을 멈춘 것은 너무도 당연했다. 나는 우리 집 앞에서 멈춘 비숍 씨의 그 요란한 부츠 소리와 함께 그가 이렇게 말하는 소리를 들었다.

"이 사람들은 도대체 뭘 먹고 사는지 좀 보고 싶군."

마침 우리는 저녁 식사를 막 끝낸 참이었다. 나는 속으로 무척 다행이라고 생각했다. 마음 같아서는 "이봐요, 뭐든 당신 마음대로 된다고 착각하지 말아요!" 하고 소리쳐 주고 싶었지만 꾹 참았다.

그러나 소용없는 일이었다. 어머니가 그들을 집 안으로 안내한 것이다. 그리고 어머니는 비숍 씨가 묻는 대로 저녁 식사 때 순대와 쇠간을 먹었다고 고백하듯이 말했다. 그는 우리더러 언제나 그렇게 먹느냐고 되물었다.

그러는 동안 비숍 부인은 우리 가족이 마치 이상한 동물이라도 되는 양 안경 너머로 유심히 살펴보았다.

그런데 그 안경도 제대로 생겨 먹은 것이 아니었다. 안경에 조그마한 손잡이가 달려 있어서, 보통 때는 손에 들고 다니다가 뭔가를 자세히 볼 필요가 있을 때만 눈에 갖다 대는 안경이었다. 나는 그 안경을 낚아채서 콱 밟아 버리거나 개천에 던지고 싶은 충동을 느꼈다. 그런 나를 어머니가 부르더니 그들에게 인사를 시켰다.

"루트비히, 어른들께 인사를 드려야지."

나는 자리에서 일어나 고개만 꾸벅했다. 그러자 어머니는 나를 라틴 어 학교인 김나지움(Gymnasium, 독일의 전통적 중등 교육 기관. 수업 연한은 9년으로, 16세기 초에는 고전적 교양을 목적으로 한 학교였으나 19세기 초에 대학 준비 교육 기관이 되었다) 학생이라고 소개했다.

"이제 1학년이지요. 진급할 수 있을 정도의 실력은 된답니다. 라틴 어 성적으로 우등상을 타기도 했죠."

그러자 비숍 씨는 내 머리를 쓰다듬으면서 말했다.

"똑똑한지는 모르겠고, 아주 튼튼하게는 생겼구나. 우리가 묵고 있는 농장에 한번 놀러 오너라. 우리 아들 아르투어랑 함께 놀아도 되겠구나. 너하고 동갑내기란다."

이어서 그는 어머니에게 월수입이 얼마나 되느냐고 물었다. 어머니는 얼굴을 붉히며 110마르크쯤 된다고 대답했다. 그러자 그는 놀라운 듯이 자기 아내를 쳐다보며 말했다.

"여보, 에밀리. 이 사람들은 한 달에 200마르크도 안 되는 수입으로 생활을 한다는군."

"어쩜, 그럴 수가……!"

비숍 부인이 그 코걸이 안경을 눈에 갖다 대고서 우리 집 식구들을 다시 한 번 살펴보았다. 얼마 지나지 않아 우리 집을 나서면서 비숍 씨는 한마디 더하는 것을 잊지 않았다.

"이 사람들은 도대체 뭘 가지고 사는지 알 수 없단 말이야. 그걸 연구해서 논문을 쓰면 박사 학위 따는 건 문제도 아닐 거야."

기운이 센 아이

이튿날 나는 비숍 씨의 아들 아르투어를 만났다. 나하고 동갑이라지만 나보다 훨씬 키가 작았다. 짧게 치지 않고 기른 머리가 거의 어깨에 닿을 정도였다. 다리가 새 다리처럼 가는데도 통이 넓은 바지를 입고 있었다. 아마 그것이 도시의 부잣집 아이들이 입는다는 세일러복인 것 같았다. 그러나 그런 겉모습으로는 도대체 그 애가 사내아이인지 계집아이인지조차 구별하기 힘들 정도였다.

아르투어 옆에는 안경을 쓴 남자가 서 있었다. 그는 아르투어의 가정 교사라고 했다. 그들은 라펜바우어네 집 앞에서 사람들이 건초를 쌓아 올리는 것을 구경하고 있었다.

"선생님, 저 사람들 지금 뭘 하는 거예요?"

아르투어가 건초를 쌓는 농부들을 가리키면서 물었다.

"음, 지금 풀을 말리는 거란다. 저렇게 여러 번 뒤집어서 잘 말려 두었다가 겨울에 짐승들에게 먹이는 거야."

가정 교사의 말이었다. 그러자 아르투어는 눈이 휘둥그레져서 되물었다.

"짐승이라니? 무슨 짐승이오?"

그때 내 옆에는 세크 로렌츠가 같이 서 있었는데, 우리는 그 애의 말을 듣고 너무 웃어서 배가 아플 지경이었다. 짐승이라고 하니까, 아르투어는 사자나 코끼리라도 기르는 줄 아는 모양이었다. 저런 녀석이 우리하고 동갑이라니 어처구니가 없었다.

점심을 먹으러 집에 들어갔더니, 어머니가 점심을 차려 주면서 말했다.

"고문관 비숍 씨가 오늘 우리 집에 또 오셨단다. 네가 오후에 농장에 와서 그분 아드님하고 같이 놀았으면 하시더구나."

나는 오후에 친구 렌츠와 낚시하러 가기로 되어 있었다. 그래서 나는 그 집에 가기 싫다고 대답했다. 그러자 안나 누나가 당장이라도 덤벼들듯이 나서서, 겨우 농사꾼 아이들하고 어울려 낚시질이나 다녀야 되겠느냐고 마구 야단을 쳤다.

나는 내 친구하고 낚시하는 것이 훨씬 재미있고 유익하다고 생각했다. 그러나 어머니와 누나는 내가 건초가 뭔지도 모르는 멍청한 도시 녀석과 노는 것이 더 좋다고 생각하는 모양이었다.

"루트비히야, 넌 점잖은 사람들과 어울려 예의범절도 익히고 견문도 넓혀야 한단다. 넌 우리 집의 유일한 남자니까 말이야. 게다가 넌 라틴 어 학교 학생이 아니냐."

어머니가 이렇게 나오면 나도 어찌할 도리가 없었다. 어머니 말씀을 따르지 않고 끝없는 설교를 듣는 것보다, 하라는 대로 하는 편이 차라리 낫다는 것을 나는 잘 알고 있었다. 나는 하는 수 없이 손발을 깨끗이 씻고, 어머니가 내주시는 깨끗한 옷으로 갈아입고 집을 나섰다.

내가 세크네 농장에 도착했을 때, 비숍 씨 가족은 마침 식사를 마친 다음 커피를 마시고 있었다. 비숍 씨와 그의 아내, 아르투어의 누나처럼 보이는 처녀도 같이 있었다. 그 처녀는 나의 작은누나 안나와 비슷한 또래 같았다. 작은누나보다 훨씬 좋은 옷을 입고 있었지만 갑절은 뚱뚱했다.

"아르투어야, 애가 내가 말했던 너의 친구란다. 이 동네에 살지."

비숍 씨는 나를 자기 아들에게 소개했다. 그는 자기 아들은 소개해 주지도 않은 채 나를 바라보며 물었다.

"너희 집은 오늘도 순대에다 쇠간을 먹었니?"

나는 그렇지 않다고 대답했다.

"그럼 뭘 먹었지?"

"뭘 먹었는지 잘 기억이 나지 않습니다. 그렇지만 순대와 쇠간은 먹지 않았습니다."

"뭘 먹었는지 기억이 안 난다고? 그렇다면 그건 틀림없이 순대와 쇠간을 먹었다는 말이지. 다른 걸 먹었다면 기억이 나지 않을 까닭이 없잖아."

그는 우리 식구들이 순대와 쇠간만 먹고 사는 사람들이라고 생각하고 싶은 모양이었다. 한 번 도둑질한 사람은 다음에도 계속 도둑질을 한다고 믿는 법원의 판사들처럼 말이다.

그렇다면 그들은 지금 커피를 마시고 있으니, 날마다 커피만 마시는 족속이라고 생각해야 맞단 말인가. 그들은 나에게도 커피 한 잔을 따라 주었다. 그런데 그것은 내가 마셔 본 커피 중에서 가장 맛없는 커피였다. 그런 커피를 얼굴 하나 찌푸리지 않고 마시다니! 그들은 맛이란 걸 몰라도 한참 모르는 사람들이었다. 그런 주제에 남이야 뭘 먹고 살든 무슨 상관이람.

아르투어는 벙어리라도 되는 양 아무 말도 하지 않고 내 얼굴만 쳐다보고 있었다. 그 옆에는 가정 교사가 앉아 있었다.

비숍 씨는 가정 교사에게 아르투어가 오늘 숙제는 다 했느냐고 물었다. 가정 교사는 그렇다고 대답했다. 그리고 한 문제를 틀리기는 했지만, 그만하면 상당히 성적이 좋아진 것이라고 덧붙였다.

"좋아. 그러면 당신은 산보를 하든가, 아무튼 당신 시간을 갖도록 하시오. 아르투어는 이 튼튼한 라틴 어 학교 학생과 놀 테니까."

비숍 씨의 말에, 가정 교사는 가벼운 지푸라기처럼 재빨리 자리에서 일어났다. 비숍 씨는 그에게 담배를 한 대 권했다. 아주 고급 담배이니, 천천히 음미하면서 피우라는 말도 잊지 않았다.

가정 교사가 밖으로 나가자, 비숍 씨는 자기 식구들을 돌아보며 말했다.

"우리가 저 친구를 데리고 온 건 저 친구에겐 정말 큰 행운이지. 우리가 아니면 저 친구가 어떻게 이런 전원 풍경을 구경할 수 있겠어. 사람은 이렇게 남에게 은덕을 베풀 줄 알아야 하는 거야."

그러자 아르투어의 뚱뚱한 누나가 입이 뾰로통해져서 종알거렸다.

"전 저 사람 징그러워 죽겠어요. 계속 저만 멍하게 쳐다보잖아요. 아무래도 저 사람도 전번 그 가정 교사처럼 시를 써 보낼 것 같아서 무서워요."

그때 아르투어와 나는 자리에서 일어났다. 아르투어는 나에게 자기 장난감을 보여 주겠다고 했다. 아르투어는 모형 기선을 가지고 있었다. 태엽을 감으면 스크루가 돌아서 진짜 기선처럼 앞으로 나가는 배였다. 갑판 위에는 납으로 만든 병정 인형들과 뱃사람 인형이 여러 개 꽂혀 있었다. 아르투어는 그 배가 '프로이센호'라는 군함의 모형이라고 말했다.

세크네 농장에는 그 배를 띄울 만한 개울이나 연못이 없었다. 그래서 나는 라펜우어네 근처 양어장에 가서 그 배를 띄우자고 말했다.

"그러면 아주 재미있을 거야."

아르투어도 내 생각에 동의했다. 하지만 그 무거운 배를 어떻게 거기까지 들고 가느냐고 걱정이었다.

내가 들고 가겠다고 말하자, 그는 금세 뛸 듯이 좋아했다.

"네가 그렇게 힘이 세단 말이야?"

"이런 것쯤이야!"

우리가 아르투어의 방에서 나오자, 거실에 앉아 있던 비숍 씨가 어딜 가느냐고 물었다.

우리는 라펜바우어네 집 근처 양어장으로 배를 띄우러 간다고 말했다.

그러자 아르투어의 어머니가 기겁을 했다.

"아르투어야, 그 무거운 걸 들고 다닐 순 없어! 그건 너무 무겁단다."

 그래서 내가 들고 가겠다고 말했다. 그러자 비숍 씨는 껄껄 웃으면서 말했다.

 "저 녀석은 기운 센 바이에른 놈이야. 날마다 순대와 쇠간을 먹기 때문에 무거운 것 좀 들어도 괜찮을 거야, 하하하!"

누나들

우리는 세크네 농장을 나와 넓은 풀밭으로 들어섰다. 아르투어는 내 뒤를 쫓아오며 물었다.

"야, 너 정말 기운이 그렇게 세니?"

"시험해 보고 싶다면 해 보렴. 너 하나쯤은 숲 너머로 저만큼 집어던져 버릴 수도 있어."

나는 그를 힐끗 돌아보며 대꾸했다. 그러자 아르투어는 자기도 기운이 세져서 누나에게 지금처럼 짓눌려 지내지 않으면 좋겠다고 말했다. 나는 누나가 때리느냐고 물었다.

"때리지는 않아. 하지만 늘 너무 뻐겨. 내 성적이 떨어지면 자기가 엄마 아빠라도 되는 것처럼 날 혼내려 든단 말이야. 내가 너처럼 기운이 세다면 그럴 땐 한번 혼을 내 주고 싶어."

"그건 그래, 누나들이란……. 정말이지 누나만 아니라면 반쯤 패 주고 싶도록 얄미울 때가 있어."

"정말이야. 어떤 땐 나를 공연히 떠밀어서 뒤로 넘어질 뻔한 적도 있다니까."

"하지만 누나라고 해서 언제까지 누나한테 당하고 있을 수는 없잖아. 까짓것, 그런 버릇을 고쳐 주는 건 어렵지 않아."

"어렵지 않다니? 어떻게?"

"뭐, 방법이야 아주 많지. 지렁이를 한 주먹 잡아다가 침대에 넣어 줄 수도 있고, 도마뱀을 몇 마리 잡아다가 넣어 줄 수도 있고……. 여자들은 침대에 들어갔을 때 그런 섬뜩한 것이 몸에 닿으면 놀라서 자지러지게 소리를 지르거든. 그러고 나면 다시는 그렇게 잘난 척하지 못할 거야."

그러나 아르투어는 그랬다가는 매를 맞을 게 분명하다며, 절대 그렇게 할 수 없다고 했다. 그래서 나는 매 맞기를 두려워하면 사내가 아니라고 말해 주었다.

"사내라면 모험을 할 줄 알아야지. 제까짓 게 때리면 얼마나 때리겠어. 맞을 때 맞더라도 그렇게 길을 들여 놓으면 훨씬 지내기 편해지지. 누나들이란 그냥 내버려 두면 자기들이 잘나서 우리가 꼼짝 못하는 줄 안단 말이야. 그래서 점점 더 고약하게 구는 거야."

"맞아, 내가 지난번에 성적표를 받아 왔을 땐 내 볼을 꼬집으면서 비틀어 대지 뭐야."

"그래서 넌 울었니?"

"어떻게 울지 않을 수가 있어? 난, 정말 볼이 떨어져 나가는 줄 알았다니까."

"그렇다면 더는 망설이면 안 되겠다. 오늘 당장이라도 무슨 수를 써야지. 지렁이는 내가 잡아 줄게."

나는 그 잘난 척하는 뚱보가 첫눈에도 마음에 들지 않았다. 그래서 그녀를 혼내 주는 일이라면 적극 나서서 도와주고 싶었다.

"지렁이는 어디 있는데?"

"질퍽한 땅을 파면 어디에든 얼마든지 있어."

"물지는 않니?"

"이런 바보! 야, 인마! 지렁이는 물지 않아."

"도마뱀은?"

"도마뱀도 마찬가지야."

"그럼 네가 지렁이 좀 잡아 줄래?"

"그래, 필요하다면 얼마든지 잡아 줄게."

"도마뱀도?"

"그래, 도마뱀도 잡아 줄게."

나는 도마뱀 굴이 어디 있는지 잘 알고 있었다. 우리 동네 제재소 뒷산 양지 바른 언덕에는 도마뱀 굴이 많이 있었다. 봄철에 거길 가 보면 땅이 온통 도마뱀들로 득실거렸다.

"약속한 거다?"

"그래, 걱정 마. 얼마든지 잡아 줄 수 있다니까."

"고마워. 네 덕분에 내가 드디어 복수를 할 수 있게 되었어."

"남자는 친구의 일에 발 벗고 나설 줄 알아야 해. 신세 진다고 생각할 필요도 없어."

나는 그 가정 교사에게도 지렁이를 넣어 주면 어떻겠느냐고 물었다.

아르투어는 손뼉을 치며 좋아했다. 그는 꼭 그렇게 하겠다고 다짐했다. 가정 교사가 누나보다 훨씬 더 성가신 모양이었다. 아르투어는 나에게도 가정 교사가 있느냐고 물었다.

"없어. 우리는 월급을 주면서 사람을 부릴 만큼 부자가 아니거든."

"넌 좋겠다. 가정 교사란 돈만 많이 들고 귀찮기만 한 존재야. 그 녀석들은 말로만 번지르르하게 내 실력이 오르고 있다고 해. 하지만 난 성적이 올랐던 적이 한 번도 없어. 지난 번에 있었던 가정 교사는 늘 우리 누나에게 줄 시만 쓰고 있었어. 그 녀석은 그 시를 누나의 커피 잔 밑에다 슬그머니 밀어 넣었지. 그래서 우리 아버지가 내쫓아 버렸어."

 나는 그 가정 교사가 왜 시를 썼는지, 또 시를 쓴 게 뭐가 그리 나쁜 일인지를 물어보았다.

 "넌 그런 쪽으로는 영 아는 게 없구나. 그 자식이 우리 누나한테 반했다는 뜻이지."

 "너희 누나한테?"

 "그래."

 "세상에 그럴 수가!"

 "사실이라니까."

 "믿어지지 않아."

 "나도 그래. 어쨌든 반했던 건 사실이야. 그 자식은 틈만 나면 우리 누나를 멍하니 바라보곤 했지."

 "어쩜 저렇게 못생겼을까 하고 바라본 게 아니고?"

 "시까지 써서 준 걸 보면, 분명 그런 건 아닐 거야."

 "야, 그거 참 모를 일이다. 그렇지?"

 "응. 어쨌든 그래서 그 자식은 쫓겨났어."

 세상에 그렇게 뚱뚱하고 보기 싫은 여자를 짝사랑하며 속을 태우는 얼간이가 있다니……. 얼마나 어리석은 남자인가!

 이 세상에는 정말이지 내가 모를 일이 너무도 많은 모양이었다.

양어장에서

그러는 동안 우리는 라펜바우어네 집 근처 양어장에 도착했다. 우리는 모형 기선을 양어장에 띄웠다. 스크루는 잘 돌아갔고, 배는 물살을 멋지게 헤치며 앞으로 나아갔다.

우리는 바짓가랑이를 걷어 올리고 물속으로 따라 들어갔다. 우리는 손에 기다란 막대기를 하나씩 들었다. 배가 깊은 곳으로 가는 것을 막기 위해서였다.

아르투어는 배를 몰면서 신이 나는지 고래고래 소리를 질러댔다.

"적군을 향해 돌격하라! 포병들은 제 위치를 지켜라! 준비, 발사! 가운데 대포는 좀 더 위쪽으로 발사하라! 꽝! 박살이다!

이겼다, 만세!"

아르투어는 얼굴이 시뻘게지도록 큰 소리로 외쳐 댔다. 나는 그게 뭐 하는 소리냐고 물어보았다.

그는 해전(海戰)을 지휘하는 중이라고 대답했다. 그리고 자기는 처음에는 대위였으나 전투에서 계속 이겼기 때문에 이제 프로이센의 해군 제독이 되었다고 했다.

"어서 태엽을 감아. 배를 왼쪽으로 몰아라! 적군의 군함이 지금 그쪽에 몰려 있다!"

나는 아르투어가 시키는 대로 태엽을 감았다. 그러나 입으로만 싸우는 것은 어쩐지 별로 재미가 없었다. 그래서 나는 말했다.

"야, 해전이 벌어졌다면 뭔가 진짜로 터지는 소리도 나고 그래야 재미있지 않겠냐? 군함 속에 화약을 집어넣고 터뜨리자. 그러면 훨씬 더 재미있을 거야."

"화약을 가지고 노는 건 위험해. 그랬다간 혼난단 말이야. 우리 쾰른에서는 애들이 그런 걸 가지고 놀지 않는단 말이야."

"야, 하지만 입으로만 대포 소리를 내는 게 무슨 대장이냐?"

나는 껄껄 웃었다. 나는 아르투어에게 그가 화약을 다룰 줄 모른다면 내가 대신 터뜨려 줄 테니까 명령만 내리라고 했다.

"난 네 밑에서 대위 정도로 만족할 테니까 말이야."

그러자 그는 무척 좋아하면서, 명령만 내리는 거라면 자기도 얼마든지 화약을 터뜨리고 싶다고 말했다.

"하긴 해군 제독이 직접 대포를 쏜다는 것도 우습지 않아? 그러니까 난 명령만 내릴 거야. 넌 내 부하니까 내가 명령을 내리면 대포를 쏘는 거야, 알았지?"

"그래, 알았어."

내 호주머니에는 화약이 한 갑 들어 있었다.

나는 화약 한 갑 정도는 늘 가지고 다녔다. 불꽃놀이를 좋아하는 나는 당연히 심지도 잊지 않고 몇 개씩 넣어 가지고 다녔다.

우리는 모형 기선을 물에서 끌어냈다. 그리고 화약을 장치할 곳을 찾아보았다. 배 위에는 대포들이 있었지만, 그 대포에는 구멍이 뚫려 있지 않았다. 그래서 나는 갑판을 들어 올리고 그 밑에다 화약을 장치하기로 했다. 그렇게 하면 갑판 사이로 연기가 새어 나와 마치 대포를 터뜨린 것처럼 보일 것 같았다.

나는 좀 더 멋있게 연기를 피우기 위해서 화약 한 봉지를 모두 쏟아부었다. 그리고 갑판을 다시 덮고 벌어진 틈으로 심지를 꽂아 넣었다.

아르투어가 제대로 발사되겠느냐고 물었다. 나는 틀림없이 멋진 광경이 벌어질 거라고 대답했다. 그는 근처의 나무 뒤로 뛰어가 숨더니 전투를 시작하라고 소리쳤다. 그러고는 계속 고래고래 소리를 질렀다.

"때려 부숴라! 때려 부숴, 용감한 대위야!"

나는 기선의 태엽을 감고 화약의 심지에 불을 붙였다. 심지에 불이 제대로 붙을 때까지 기선을 꽉 잡고 있다가 앞으로 힘껏 밀어 보냈다. 스크루가 돌아가고, 심지에서는 연기가 피어올랐다. 손에 땀을 쥐게 하는 순간이었다.

아르투어는 미친 듯 환호성을 질러 대고 있었다. 그렇지만 여전히 나무 뒤에서 나오지는 않고 있었다. 고함을 질러 대던 그는 왜 터지는 소리가 나지 않느냐고 초조해하면서 물었다. 나는 심지에 당겨진 불이 화약이 있는 데까지 타 들어가면 곧 터지는 소리가 날 거라고 말했다. 그러자 그는 나무 뒤에서 머리를 내밀며 소리를 질렀다.

"앞 갑판 대포 발사!"

그 순간이었다.

"꽝!"

무시무시한 폭음이 터져 나왔다. 그때 나는 무언가 내 귀밑을 아슬아슬하게 스치며 날아가는 소리를 들었다. 아르투어가 무섭게 비명을 지르면서 머리를 감싸 안은 것은 거의 비슷한 순간이었다.

잇달아 '치지직' 불 꺼지는 소리와 함께 자욱한 연기가 양어장의 수면 위를 가득 채웠다.

아르투어의 상처는 그리 대단한 것은 아니었다. 무엇이 스쳐 지나갔는지 이마의 살갗이 약간 찢어져 피가 조금 비치는 정도였다. 아마 화약이 폭발할 때 납으로 만든 병정이 날아가 그의 이마를 스친 모양이었다. 나는 그의 이마에 난 피를 닦아 주었다.

배는 어디로 갔느냐고 그가 물었다. 물 위에 아무것도 없었기 때문이다. 부서지고 남은 기선 앞부분의 일부만이 아직 가라앉지 않고 물 위에 둥둥 떠 있을 뿐이었다. 나머지 부분은 폭발과 함께 산산조각이 나서 공중으로 날아가 버린 것이었다.

아르투어는 그것을 보자 목 놓아 울기 시작했다. 그러면서 배가 없어지면 아버지에게 야단을 맞게 된다고 푸념을 늘어놓았다.

나는 스크루가 갑자기 빨리 돌아서 배가 손도 닿지 않는 깊은 곳으로 흘러가 버렸다고 둘러대라고 말했다. 아니면 어두워진 다음에 집으로 들어가서 아무 말도 하지 말라고 했다. 어쩌면 배에 대해선 아무도 묻지 않을지도 모른다고 하면서…….

"배가 어디 있느냐고 누가 물으면 그냥 저 안에 있다고 그러란 말이야. 이젠 별로 갖고 놀고 싶지 않다고 말하는 거야. 그러다가 2주일쯤 지나거든 갑자기 배가 없어졌다고 말하는 거지. 누가 훔쳐 간 모양이라고 하면서……."

아르투어는 울음을 그치더니 어두워질 때까지 기다렸다가 집에 들어가겠다고 말했다.

귀한 집 아이

우리가 그런 이야기를 하고 있을 때, 갑자기 뒤에서 벼락같은 고함 소리가 들려왔다.

나는 얼른 뒤를 돌아보았다. 양어장 주인인 털보 아저씨가 숨을 헐떡이며 달려오는 것이 보였다.

그는 달려오면서 소리를 질러 댔다.

"야, 이 사고뭉치 녀석들! 꼼짝 말고 게 섰거라!"

나는 금방 사태를 깨달았다. 그래서 상당히 멀리 떨어진 라펜바우어네 건초 창고까지 한숨에 내달렸다. 그리고 그곳에 숨어서 뒤를 돌아보았다.

아르투어는 그 자리에 그냥 서 있었다. 양어장 주인 털보 아저씨는 아르투어에게 달려들어 뺨을 이쪽저쪽 사정없이 후려갈겼다. 그는 그 큰 손을 풍차 날개처럼 휘두르며 고래고래 고함을 질렀다.

"이 못된 사고뭉치 녀석아! 우리 양어장 물고기 씨를 말릴 셈이냐, 이 녀석아! 낚시질로 훔쳐 가는 것도 모자라서, 이젠 다이너마이트까지 터뜨려! 이러다간 아주 사람까지 잡겠구나. 이 나쁜 자식!"

그는 말 한 마디 한 마디 할 때마다 아르투어의 뺨을 요란한 소리를 내며 철썩철썩 후려갈겼다.

사실 양어장 주인은 나를 혼내 주려고 오래전부터 벼르고 있었다. 그것을 나는 벌써부터 알고 있었다. 나와 렌츠가 그 양어장에서 종종 낚시질을 했기 때문이다. 그러나 우리는 한 번도 붙잡힌 적이 없었다.

양어장 털보 아저씨는 벼르고 벼르다가 이제 겨우 한 놈을 붙잡은 것이다. 그런데 그만 재수 없게도 아르투어가 걸려든 것이다. 지금 아르투어는 나와 렌츠 두 사람 몫의 매를 대신 맞는 셈이었다.

털보 아저씨는 실컷 때리고 나더니, 그제야 성이 좀 풀리는 모양이었다. 그러나 그는 뒤돌아서다 말고 다시 아르투어에게 향하더니, 다시 한 번 냅다 소리를 지르면서 아르투어의 머리를 주먹으로 쥐어박았다.

"요, 생쥐 같은 녀석! 요 녀석!"

아르투어는 동네가 떠나가도록 울었다. 그러면서 연방 자기 아버지에게 이른다고 소리를 질러 댔다. 그러나 그렇게 해 봐야 무슨 소용이 있단 말인가. 매는 이미 다 맞았는데……. 이럴 땐 나처럼 잽싸게 도망치는 게 훨씬 현명한 일이 아니겠는가.

털보 아저씨는 몸이 무거워서 조금만 빨리 달리면 숨이 차서 제대로 쫓아오질 못한다. 그래서 재빨리 도망만 치면 도저히 우리를 붙잡을 수가 없다. 멀리 달아날 것도 없이 나무를 가운데 두고 뺑뺑 돌기만 해도 그는 속수무책이었다. 실제로 우리는 그런 방법을 여러 번 써먹었다.

그럴 때마다 그는 우리를 잡는 것을 이내 포기하고, 고래고래 고함만 질러 대곤 했다.

"이 쥐새끼 같은 놈들! 족제비 같은 녀석들! 이다음엔 꼭 붙잡아서 톡톡히 맛을 보여 주고야 말 테다!"

이런 사정을 나와 렌즈는 잘 알고 있었다. 우리는 그걸 즐기기까지 했다. 하지만 아르투어는 "날 잡아 잡수세요." 하듯이 가만히 서 있다가 곤욕을 치른 것이다.

아르투어가 너무 울어 대자, 안됐다는 생각이 들었다. 그래서 양어장의 털보 주인이 멀리 가 버린 뒤, 나는 아르투어에게 슬

슬 다가가 너무 언짢게 생각하지 말라고 위로해 주었다. 세상을 살다 보면 이런 일을 당할 수 있고, 이런 경험을 살려 앞으로 일을 처리해 나가면 오히려 큰 화를 면할 수 있는 전화위복이 된다고 달래 주었다.

그러나 아르투어는 더욱 큰 소리로 울면서 이렇게 소리를 질렀다.

"이게 모두 너 때문이야! 우리 아버지한테 다 이를 거야!"

그 말을 듣자, 나도 화가 났다. 그래서 나는 네가 계속 못나게 굴면 나도 어쩔 도리가 없다고 말해 주었다.

그러자 아르투어는 내가 기선을 부순 거라는 말도 했다. 내가 화약을 터뜨렸기 때문에 양어장 주인이 소리를 듣고 달려왔고, 자기가 나를 대신해서 매를 맞은 거라고도 했다.

알기는 제대로 아는 소리였다. 하지만 이제 와서 그걸 깨닫는다고 한들 무슨 소용이 있단 말인가. 이미 양쪽 뺨은 갓 구워 낸 빵처럼 잔뜩 부어 있는데…….

그는 뒤늦게 깨달은 사실을 그렇게 소리쳐 외치고는 울면서 달려갔다. 그 울음소리는 아마 십 리 밖에서도 들렸을 것이다. 나 같으면 아무리 아프고 억울해도 창피해서라도 그렇게 울고불고하지는 않았을 것이다. 해군 제독이라는 자식이 말이다.

나는 그 길로 곧장 집으로 가는 것보다는 좀 늦게 가는 것이 좋겠다고 생각했다. 그래서 들판에 있는 덤불 밑에서 새집도 뒤지고, 딸기도 따 먹으면서 놀다가 완전히 어두워진 다음에야 집으로 돌아갔다. 세크네 농장 앞을 지날 때는 발소리를 한껏 죽였다. 그래서 아무도 내가 지나가는 것을 알아차리지 못했다.

비숍 씨는 뜰 안에 있는 벤치에 앉아 있었다. 그의 아내와 뚱보 처녀도 그 앞에 있었고, 세크도 서 있었다. 그들이 있는 곳은 불빛이 환했기 때문에 어두운 곳에 있는 나를 알아채지 못했다.

나는 걸음을 멈추고, 그들이 하는 말을 잠시 엿들었다. 그들은 내 얘기를 하고 있었다.

비숍 씨는 한참 고개를 가로젓더니 이렇게 말했다.

"원 세상에, 그 녀석이 그런 사고뭉치인 줄 누가 알았겠나?"

아르투어의 뚱보 누나는 불난 집에 부채질하는 격으로 계속 내 욕을 해 대고 있었다.

"그 녀석이 글쎄 아르투어를 시켜서 내 침대에다 지렁이와 도마뱀을 넣으려고 했대요. 생전 듣도 보도 못한 끔찍한 아이예요!"

그 뒤 나는 비숍 씨 집에 다시는 초대받지 못했다. 설사 초대를 받았다 해도 어정어정 찾아갈 나도 아니었지만……

그 뒤로 비숍 씨는 나를 만나기만 하면 지팡이를 번쩍 치켜들면서 소리를 지르곤 했다.

"이 말썽꾸러기 녀석 같으니라고! 붙잡히기만 해 봐라. 가만 안 둘 테다."

그러나 나는 그 양반의 아들 아르투어처럼 "날 잡아 잡수세요." 하고 가만히 서 있지는 않았다.

방학

긴 여름 방학이 계속되고 있었다. 방학이 시작된 지 벌써 4주가 지났다. 어머니는 내가 하는 일 없이 너무 오랫동안 빈둥거린다고 걱정이 태산이었다. 물론 그것은, 내가 날이면 날마다 사고를 치고 다녔기 때문이다. 누나도 나 때문에 집안 평판이 나빠진다고 덩달아 야단이었다.

그러던 어느 날이었다. 초등학교 선생인 바그너 씨가 우리 집을 방문했다. 그는 어머니를 만나러 우리 집에 자주 오는 편이었다. 그는 학교 정원에다 과일나무를 꽤 많이 심어 놓았는데, 우리 어머니가 과일나무에 관해서는 모르는 것이 없을 정도였기 때문에 조언을 구하곤 했다.

그는 어머니의 말대로 했더니 복숭아를 아주 많이 따게 되었다면서, 잘 익은 복숭아를 한 상자나 가지고 왔다.

어머니는 바그너 선생과 과일나무에 관해 이야기를 나누다가 마침내 내 이야기를 꺼냈다. 여름 방학이 끝나려면 아직 멀었는데, 나를 어떻게 해야 할지 걱정이라고 했다.

"맞습니다. 라틴 어 학교 학생이 되었다고는 하지만, 실제로는 초등학교 5학년생들과 똑같은 나이 아닙니까. 그런 아이들에게 이렇게 긴 여름 방학을 준다는 것은 사실 문제가 있습니다. 한창 개구쟁이 짓을 할 나이 아닙니까. 망아지가 우리를 벗어난 꼴이죠. 그런 걱정을 이 댁에서만 하는 것이 아닙니다. 아이를 라틴 어 학교에 보낸 집은 너나없이 다 마찬가지입니다."

"라틴 어 학교는 방학을 왜 이렇게 길게 주는지 정말 모르겠어요. 초등학교는 방학이 거의 끝나 가지요?"

"이번 주까지입니다. 다음 주면 벌써 개학입니다."

"실업 학교에 가는 아이들은 초등학교를 6년씩 다니는데……. 그런 집 부모들은 얼마나 좋을까?"

어머니는 다시 한 번 한숨을 내쉬었다. 바그너 선생은 웃으면서 일어났다.

"아무리 라틴 어 학교의 여름 방학이 길다 해도 올여름 안으로야 끝나겠지요. 너무 걱정 마십시오. 루트비히도 이제 철이

들기 시작하면 곧 점잖아질 겁니다."

"저 녀석이 점잖아진다고요? 그런 날은 아마 내 생전에 오지 않을 거예요."

"그럴 리가 있습니까? 루트비히야, 너는 학문을 전공할 라틴어 학교 학생이다. 그러니 어머님 속 좀 그만 태워라, 알겠니?"

그 말을 남기고 바그너 선생은 가 버렸다. 나는 바그너 선생 말대로 되도록 어머니 마음을 괴롭히지 말자고 마음을 고쳐먹었다.

그러나 소용없는 일이었다. 나는 바로 그날로 또 한 번 사고를 치고 말았던 것이다.

그날 어머니 심부름으로 장터에 나갔던 나는 빵집 앞을 지나다가 창문턱에서 졸고 있는 고양이를 보았다.

나는 재빨리 돌멩이를 하나 집어 들어 고양이를 향해 힘껏 던졌다.

그러나 내 손을 떠난 돌은 어이없게도 진열장의 커다란 유리창을 와장창 깨뜨리고 말았다. 나는 잽싸게 몸을 숨겼지만 아무 소용이 없었다.

빵집 주인은 범인이 나라는 걸 어떻게 알았는지, 곧장 우리 집으로 달려갔다. 그리고 깨진 유리창 값으로 5마르크나 받아 갔다.

나는 일이 이렇게 되자, 야단을 덜 맞으려고 평소 내가 쓰던 수법대로 집에 늦게 들어갔다.

그러나 이번에는 그 방법도 먹혀들지 않았다. 나는 지독하게 꾸지람을 들어야 했다. 옆에서 내가 야단맞는 것을 지켜보던 누나까지 어머니와 합세하여 나를 몰아세웠다.

"아무리 야단을 쳐 봤자 소용없어요. 저 녀석은 내일이면 또다시 사고를 치고 말걸요. 쟤 때문에 아무도 우리 집과 상종하려 들지 않을 거예요. 어제는 길에서 그 총각 판사님을 만났는데, 제게 아주 싸늘하게 굴지 뭐예요. 여느 때 같으면 걸음을 멈추고 웃는 얼굴로 집안 안부를 한참씩 물었을 텐데……. 어제는 글쎄 아무 말도 하지 않고 고개만 까딱 숙여 보이고는 그냥 가 버리지 뭐예요."

어머니는 이제 무슨 결정이든 내려야지 도저히 안 되겠다고 했다. 그러나 무슨 결정을 내려야 할지에 관해서는 어머니도 누나도 뾰족한 방법이 없는 모양이었다. 어머니와 누나는 밤새도록 머리를 맞대고 뭔가를 궁리했다. 그 결과 두 사람은 너무나 끔찍한 방법을 생각해 냈다.

그것은 다음 주부터 개학하는 바그너 선생의 반에 나를 집어넣는다는 것이었다. 라틴 어 학교가 개학할 때까지 나를 초등학교에 맡긴다는 얘기였다. 바그너 선생은 그 방법을 별로 좋아하지 않을 테지만, 어머니 부탁이라면 들어줄 것이었다. 더 끔찍한 것은 바그너 선생이 4학년 담임이라는 것이었다. 5학년이라면 그나마 내 초등학교 친구들이 아직 남아 있을 터였지만 말이다.

나는 어머니와 누나에게 사정사정했다. 초등학교 4학년 과정을 마치고 상급 학교인 라틴 어 학교에 진학한 내가 다시 초등학교 4학년 반으로 들어간다는 것은 나를 평생 동안 망신시키는 일이라고 몇 번씩 강조했다. 게다가 내가 라틴 어 학교에 갔다고 부러워하던, 지금은 5학년인 내 동창생들 앞에서 내가 뭐가 되겠느냐고 사정을 했다.

나는 앞으로 남은 방학 동안 아무 사고도 치지 않고 공부만 열심히 할 테니, 한 번만 용서해 달라고 빌었다.

사실 나는 지금까지 이것저것 가리지 않고 온갖 사고를 저질러 왔다. 하지만 어머니와 누나 앞에서 그렇게 싹싹 용서를 빈 것은 그때가 처음이었다.

하지만 아무 소용이 없었다. 특히 누나는 막무가내로 안 된다고 했다.

"이번에도 쟤 말을 믿었다간 이제 우리 집은 동네에서 외톨이가 되고 말 거예요!"

그러나 어머니는 달랐다. 역시 내 편이 되어 주었다.

"얘야, 너도 들었지? 루트비히가 이제 딴사람이 되겠다는구

나. 초등학교 4학년 교실에 들어가는 것이 저 애한테는 그렇게 창피한 일이라니, 한 번만 더 믿어 보자꾸나."

어머니 덕분에 당장의 창피는 면하게 되었다. 사태가 그 정도로 끝나 준 것이 얼마나 다행스러운지 몰랐다.

나는 기쁜 마음으로 그 이튿날 하루는 침착하게 공부에만 매달렸다. 비록 라틴 어 동사의 격변화를 순전히 엉터리로 외우고 쓰고 그랬지만, 라틴 어를 전혀 알지 못하는 어머니는 기뻐하는 눈치였다. 누나도 라틴 어라면 어머니와 비슷한 수준이라 별 말이 없었다.

나는 엉터리로 공부를 하면서도 한껏 뽐내고 점잔을 떨었다. 그렇게 하루는 잘 보낼 수 있었다.

그러나 수요일인 그 이튿날까지 그 짓을 계속할 수는 없었다. 우리 이웃인 세크네 농장에는 아직도 고문관 비숍 씨가 계속 손님으로 머물면서 여름휴가를 보내고 있었다. 그 부인은 나만 보면 잔뜩 긴장해서 어쩔 줄 몰라 했다. 내가 그 집 울타리 앞을 지나가기만 해도 벌써 부엌일하는 하인 아이를 불러 대면서 경보를 울리곤 했다.

"얘! 앨리스, 조심해라! 저 사고뭉치가 또 왔구나!"

고양이 꼬리에 화약 달기

비숍 부인은 앙고라 고양이 한 마리를 기르고 있었다. 그들이 식사를 마치고 마당에서 커피를 마실 때면 그 고양이도 언제나 그들의 옆에 함께 있었다. 비숍 부인은 그 고양이한테는 그렇게 다정할 수가 없었다.

"나비야, 우유 좀 마시겠니? 꿀이라도 좀 줄까?"

비숍 부인은 마치 그 고양이가 자기 아이라도 되는 것처럼 다정하기 그지없었다.

수요일 아침이었다. 나는 라틴 어 공부를 하다가 멍하니 창밖을 내다보았다. 그때 마침 비숍 부인의 그 고양이가 우리 집 울타리를 넘어오는 것이 보였다. 녀석은 우리 집 순대를 한 번 훔쳐 먹은 뒤로 그 맛을 잊지 못하겠는지 걸핏하면 우리 집으로 넘어왔다.

나는 얼른 뛰어나가 그놈을 붙잡았다. 그리고 전에 산토끼를 잡아서 기르던 토끼장에 가두어 버렸다. 그러고 나서 나는 재빨리 방 안으로 돌아와 비숍 씨 가족이 커피를 마시러 뜰로 나오는 것을 창을 통해 지켜보았다. 얼마 뒤 비숍 부인은 고양이가 사라진 것을 알아채곤 호들갑을 떨며 난리를 치기 시작했다.

"나비야! 나비야, 어디 있니? 얘들아, 너희들 오늘 나비 못 봤니? 못 봤어? 여보, 당신도 못 봤어요?"

"글쎄, 난 못 봤는데."

"저도요."

"저도 못 봤어요."

"그렇다면 나비가 도대체 어딜 갔을까?"

"여보, 나비가 커피를 마실 건 아니잖소? 어서 커피나 따라 줘요."

비숍 씨는 신문을 펴 들고 자리에 앉으면서 말했다. 그러나 비숍 부인은 커피를 따라 줄 경황이 없어 보였다.

"우리 나비가 어딜 갔을까? 도무지 알 수가 없네. 시골 고양이들처럼 쥐를 잡으러 나갔을 리도 없고……."

나는 거기까지 구경을 하다가 방에서 나왔다. 토끼장으로 가서 고양이를 꺼냈다. 나는 그 고양이 꼬리에 화약을 한 봉지 붙잡아 맸다. 그런 다음 나는 세크네 손님이 묵고 있는 방 근처 울타리로 살금살금 기어갔다.

나는 울타리 밑에서 몸을 구부린 채 고양이 꼬리에 잡아 맨 화약 봉지에 불을 붙인 다음 고양이를 놓아주었다. 내가 놓아주기가 무섭게, 고양이는 울타리를 뛰어넘어 비숍 씨 가족이 아침 커피를 마시고 있는 안마당으로 달려갔다.

고양이가 총알같이 달려오는 것을 보고 부엌에서 일하는 하인 아이가 소리쳤다.

"마님, 나비가 와요. 우리 나비가요!"

이어서 비숍 부인의 호들갑 떠는 목소리가 들려왔다.

"어머나, 나비야! 어디 갔었니? 도대체 어디에 있었어? 너를 얼마나 찾았는지 알기나 해? 그런데 꼬리에 달린 게 뭐니? 너, 뭘 달고 왔어?"

그 순간이었다.

파팍!

불꽃이 터지는 소리와 함께 비명 소리와 커피 잔이 땅바닥에 내던져지며 깨지는 소리가 들려왔다. 비숍 씨 가족이 커피를 마시던 자리는 순식간에 아수라장이 되었다.

얼마 뒤 어느 정도 사태가 진정되자, 비숍 씨의 으르렁대는

목소리가 들려왔다.

"또 그 사고뭉치 녀석 짓이다!"

나는 내가 나갔다 온 것을 아무도 눈치채지 못하게 재빨리 내 방으로 돌아가 책상 앞에 앉아 라틴 어 책을 읽는 척했다.

어머니와 안나 누나는 식당에서 커피를 마시고 있었다. 어머니의 말소리가 들려왔다.

"안나야, 루트비히가 못된 짓만 하는 것은 아니잖아. 우리가 인내심을 가지고 기다리면 그 녀석도 점점 나아질 거야. 어제는 정말 하루 종일 공부만 하더구나. 우리가 그 애를 초등학교에 보내 친구들 앞에서 창피를 주지 않은 것은 정말 잘한 것 같구나."

"엄마, 제가 알고 싶은 건 그 총각 판사님이 그때 왜 걸음을 멈추고 나한테 인사를 하지 않았는가 하는 거예요. 제가 알고 싶은 건 그것뿐이라고요."

안나 누나는 엄마의 말에는 관심을 갖지 않은 채 야멸치게 대꾸했다. 비숍 씨와 그 부인이 우리 집 마당으로 쳐들어온 것은 바로 그때였다.

"안나야, 혹시 내 옷이 구겨지지는 않았니? 고문관 내외분이 저렇게 느닷없이 우리 집에 찾아오실 줄은 꿈에도 생각하지 못했구나."

어머니는 일어나서 그들을 맞이하러 나갔다.

"어머나, 어쩐 일이세요? 두 분께서 이렇게 찾아 주시다니 정말 영광입니다. 어서 오세요."

그러나 고문관 비숍 씨의 얼굴은 마치 장례식에라도 가는 사람 같았고, 비숍 부인은 잘 익은 사과처럼 얼굴이 빨갛게 익어 있었다. 그녀의 두 손에는 다 타 버린 화약 봉지와 깨어진 찻잔이 들려 있었다.

"부인! 이게 왜 이렇게 되었는지 아시겠어요?"

"찻잔을 떨어뜨리셨나 보군요."

"떨어뜨리기야 떨어뜨렸지."

비숍 씨가 중얼거렸다.

"하지만 우리가 찻잔을 왜 떨어뜨렸는지가 문제예요!"

비숍 부인은 내가 화약을 가지고 장난을 쳤기 때문에 자기네 고양이가 미쳐 버렸다고 떠들어 댔다. 그리고 그 바람에 찻잔이 세 개나 깨졌다고 말했다. 그리고 이 세상에서 그런 못된 짓을 할 사람은 나밖에 없다고 주장했다.

어머니의 눈에서 눈물이 뚝뚝 떨어졌다. 고문관은 베를린 억양으로 어머니를 위로했다.

"부인, 정말 안됐군요. 그렇게 못된 아들을 두시다니……. 진심으로 위로해 드리고 싶군요."

그러고 나서 그들은 어머니에게 찻잔 값을 물어내라고 요구했다.

그 찻잔은 아주 좋은 사기그릇이기 때문에, 한 개당 값이 자그마치 2마르크라는 것이었다. 나는 나이 많은 어머니가 조그맣고 낡은 지갑에서 떨리는 손으로 돈을 한 장 한 장 꺼내는 것을 보는 순간 울화통이 치밀었다.

비숍 부인은 그 돈을 얼른 받아 챙기더니, 고양이가 미쳐 버린 것은 말할 수 없이 화가 나지만 우리 집 사정을 봐서 고소하지는 않겠다고 말했다. 그러고 나서 그들은 홱 돌아서 나갔다. 비숍 씨는 돌아서면서 한마디 더 덧붙이는 것을 잊지 않았다.

"하느님께서 당신 아들을 시켜 당신을 시험하시는 것 같군요."

나는 이 모든 것을 방 안에서 내다보고 있었다.

그들이 돌아간 뒤 어머니는 식탁 앞에 간신히 기대앉았다. 어머니의 눈에서는 눈물이 하염없이 볼을 타고 흘러내렸다. 가끔 손수건으로 눈물을 닦았지만 계속 흘러내렸다. 안나 누나도 마찬가지였다. 식탁 위 접시에 잼을 바른 비스킷이 담겨 있었지만 아무도 먹으려 하지 않았다.

나는 몹시 우울해져서 밖으로 나갔다. 그 누구하고도 이야기하고 싶지 않았다. 비숍 씨가 우리 집에서 돈을 받아 간 것은 비열한 짓이라는 생각뿐이었다. 그것도 찻잔 하나에 2마르크씩이나 받아 내다니! 세상에 그렇게 비싼 찻잔이 어디 있단 말인가! 나는 반드시 복수해 주리라 다짐했다.

나는 아무도 모르게 그 고양이란 놈의 꼬리를 잘라 버리기로 마음먹었다. 그걸 가지고 있다가, 비숍 부인이 "우리 나비가 대체 어딜 갔지?" 하고 애타게 찾을 때 울타리 너머로 던져 주기로 했다. 그러나 그 장본인이 나라는 사실을 모르게 감쪽같이 해야 했기 때문에 연구를 더 해야 했다.

나는 풀밭에 누워서 골똘히 그 방법을 궁리했다. 그러나 묘안이 떠오르지 않았다. 그저 비숍 부인이 고양이 꼬리를 보는 순간 경악할 모습만 눈앞에 어른거렸다. 그런 생각을 하는 것만으로도 내 마음은 어느 정도 가라앉았다.

어느새 점심때가 되었다. 나는 배고픈 것을 참으려고 했지만 그럴 필요가 없다고 생각하고 집으로 돌아갔다.

누나는 나더러 내 방에서 혼자 점심을 먹으라고 말했다. 그리고 다음 주 월요일부터는 매일 초등학교 4학년 교실에 가야 한다고 말했다. 바그너 선생이 허락을 했고, 나를 매우 엄격하게 다루기로 약속했다고도 했다.

나는 울화통이 터졌다. 누나에게 마구 대들고 싶었다. 라틴어 학교 학생이 유치하게 초등학교 4학년 교실에 들어가서 공부를 해야 한다니, 이게 무슨 창피란 말인가! 이 소문이 내가 다니는 라틴 어 학교에 퍼지기라도 하면 난 바보가 되고 말 것이었다.

그러나 눈물을 흘리던 어머니의 모습이 떠올라서, 어쩔 수 없이 하라는 대로 하기로 마음먹었다.

여반장 나리

 운명의 월요일, 나는 코뚜레에 꿰인 소처럼 끌려가듯이 학교에 갔다. 한쪽에는 남자아이들, 다른 한쪽에는 여자아이들이 나누어 앉아 있는 그 유치한 교실에 들어서려니 정말이지 마음이 심란했다. '그냥 달아나서 집에도 들어가지 말까?' 하고 생각했다. 그러나 어머니의 울던 모습이 다시 떠올라 나는 꼼짝도 할 수 없었다.

 교실에 들어서자, 바그너 선생은 나를 맨 앞줄에 앉혔다. 그러고 나서 익살맞게 나를 소개했다.

 "오늘부터 라틴 어를 공부하시는 대학자님이 너희와 같이 공부하게 되었다. 대학자님에게 웃음거리가 되지 않으려면 너희는 앞으로 더욱 열심히 공부해야 할 것이다."

아이들은 "우하하!" 하고 웃어 댔다. 나는 부아가 치밀었지만, 아무렇지 않은 척하는 수밖에 없었다.

첫째 시간은 국어였다. 한 아이가 그날 배울 부분을 읽었다. 그것은 '저녁'이라는 제목의 산문으로 다음과 같이 시작되었다.

'태양은 잠을 자러 서산 너머로 들어가고, 하늘에는 저녁 별들이 돋아 나온다. 참새들은 사랑스러운 노래를 멈추고, 덤불 밑에서는 귀뚜라미들이 합창을 시작한다.

하루 종일 밭에서 일하던 농부가 집으로 돌아오면, 강아지는 좋아서 어쩔 줄 몰라 하며 마중을 나오고 아이들은 두 팔을 활짝 벌리고 달려 나온다.

농부의 아내는 그 뒤에서 행복한 미소를 지으며 남편을 맞이한다.'

정말 유치하기 짝이 없었다. 초등학교 국어 교과서에 실린 글들은 하나같이 유치하기 그지없었다. 그런데 이따위를 라틴 어 학교 학생이 공부해야 하다니, 이 얼마나 얄궂은 운명의 장난이란 말인가!

바그너 선생은 아이들에게 그 문장을 열 번씩 써서 외우라고 말하고, 볼일을 보러 교무실에 갔다. 그러나 나는 차마 그 짓을 하고 있을 수는 없었다.

선생이 자리를 비우는 동안에는 반장을 맡은 푸르트너 마리라는 여자아이가 감독을 하는 것 같았다. 그 아이는 우리 집에서 그리 멀지 않은 곳에 사는 농부의 딸이었다.

나는 계집아이에게 감독까지 받게 된 것에 또다시 울화가 치밀었고, 정말 한심하다는 생각이 들었다. 그러나 한숨만 푹푹 쉬고 있는 수밖에 달리 방법이 없었다.

그러자 옆에 앉은 라이트너가 오후에 물고기를 잡으러 가는데 같이 가지 않겠느냐고 아주 나지막하게 물었다. 나는 큰 목소리로 좋다고 대답했다.

"루트비히 토마, 조용히 해! 또 한 번 떠들면 네 이름도 여기 적을 거야."

"용서하십시오, 반장 나리. 앞으로는 좀 더 조심하도록 하겠습니다요."

나는 빈정대듯 대꾸하고 나서 주머니 속을 뒤졌다. 주머니에서 시계태엽을 감는 열쇠가 나왔다. 나는 그 열쇠에 뚫려 있는 구멍을 들여다보았다. 그리고 호루라기로 쓸 수 있나 시험해 보았다. 소리가 제법 크게 났다. 그러자 푸르트너 마리가 앞으로 나가더니 칠판에 이렇게 적었다.

'루트비히 토마, 호루라기 불었음.'

나는 자리에서 일어나 한마디 하지 않을 수가 없었다.

"미안합니다, 반장 아가씨. 당신이 내 이름을 적지 않게 하려면 도대체 내가 어떻게 해야 하나요?"

그 계집애는 나더러 '저녁'을 쓰라고 했다. 난 그 글이 너무나 유치해서 나로서는 도저히 쓸 수 없다고 대답했다.

그랬더니 그 계집아이는 그럼 유치하지 않은 라틴 어 학교 학생은 얼마나 글을 잘 쓰는지, 같은 제목으로 글짓기를 한번 해 보라고 했다. 그래서 나는 얼른 글짓기를 한 뒤, 일어나서 그것을 발표해도 되느냐고 큰 소리로 물었다.

"반장 나리, 내가 이 글을 낭독해도 괜찮겠습니까? 그러면 이게 잘 쓴 글인지 못 쓴 글인지 나리께서 지적하실 수 있을 텐데요."

어리석은 이 계집애는 자기가 라틴 어 학교 학생의 작문을 심사하게 된 것이 자랑스러운지, 나더러 큰 소리로 낭독해 보라고 했다.

나는 그 계집애의 말대로 큰 소리로 읽어 내려갔다.

"태양은 잠을 자러 서산 너머로 들어가고, 저녁 별들이 나온다. 주막집 앞은 조용하다. 그때 갑자기 문이 열리고 주막집 머슴이 농부 한 사람을 끌어내 내동댕이친다. 그는 너무 술에 취해 일어나지도 못한다. 그래서 개처럼 기어서 집으로 돌아간다. 그는 바로 푸르트너 마리의 아버지이다."

낭독을 마치자 아이들은 하나같이 배꼽을 잡고 웃어 댔다. 푸르트너 마리는 미친 듯이 악을 쓰기 시작했다. 그러고는 칠판으로 달려가 '루트비히 토마, 무례하였음' 하고 적어 놓았다. 그리고 그 밑에다 밑줄을 세 번씩이나 좍좍 그어 댔다.

나는 자리에서 일어나 칠판 앞으로 나갔다. 그러고는 칠판지우개를 들어 그 계집애가 쓴 것을 깨끗이 지워 버렸다.

푸르트너 마리는 너무 화가 나서 발을 동동 구르고 있었다. 이어서 나는 그 애의 땋은 머리를 움켜쥐고 추어올렸다. 그리고 이번에는 칠판지우개로 양쪽 따귀를 한 대씩 갈겨 주었다. 라틴어 학교 학생의 이름을 함부로 적어서는 안 된다는 사실을 그 계집애가 똑똑히 알도록 해 준 것이었다.

잠시 뒤 바그너 선생이 돌아왔다. 선생은 이 이야기를 듣고 몹시 화를 냈다. 당장 쫓아내고 싶지만 어머니를 생각해서 참는다며, 대신에 수업이 끝난 다음 밤이 될 때까지 나에게 벌을 세우겠다고 선언했다.

아이들이 다 집으로 돌아간 뒤, 바그너 선생은 나만 교실에 남겨 놓고 교실 문을 밖에서 잠가 버렸다. 이미 점심때가 지난 시간이라 무척 배가 고팠다. 그러나 배고픈 것보다도 초등학교에까지 와서 교실에 갇힌 내 신세를 생각하니 한심하기 짝이 없었다.

오후 3시가 되자 학교 안에는 인기척이 딱 끊겼다. 이 선생이 정말 나를 어두워질 때까지 여기 가둬 둘 셈인가? 나는 은근히 부아가 치밀었다. 그래서 나는 빠져나갈 방법을 찾기 시작했다.

교실 창밖 바닥에는 돌이 깔려 있어서 뛰어내리기에는 아무래도 위험했다. 좀 더 주위를 살펴보았더니 한쪽 유리창 앞에 배가 주렁주렁 열린 배나무가 눈에 띄었다. 나는 얼른 그 유리창 앞으로 달려갔다.

배나무 가지에는 손이 닿지 않았다. 하지만 창문턱에 올라서서 조금만 뛰어오르면 손으로 가지를 움켜잡을 수 있을 것 같았다. 나는 창문턱에 조심스럽게 올라서서 배나무 가지를 향해 힘껏 뛰었다. 성공적이었다.

그러나 이런! 나뭇가지가 내 몸무게를 이기지 못하고 뿌지직하며 몸통에서 찢기는 소리를 냈다. 다행히도 줄기가 몸통에서 찢어지며 밑으로 축 처져서, 덕분에 나는 땅바닥에 안전하게 내려설 수 있었다. 그런데 그 배나무의 가장 큰 가지가 완전히 떨어져 나가고 말았다.

그 바람에 거의 다 익은 배가 수십 알이나 땅에 후드득 떨어졌다. 나는 이 돌연한 사태에 눈앞이 아찔했지만 이미 저질러진 일이 아닌가. 이제 와서 어떻게 한단 말인가. 나는 집으로 도망쳐 버리고 말았다.

다음 날 아침, 초등학교에서 편지가 왔다. 바그너 선생이 보낸 것이었다. 나더러 자기네 학교에 두 번 다시 발을 들여놓지 말라는 내용이었다.

내가 분명히 단언하는데, 내 평생 그렇게 속 시원한 편지는 두 번 다시 받아 보지 못했다.

나의 어린양

우리 라틴 어 학교의 신학 담당 선생 이름은 팔켄베르크였다. 작은 키에 몸이 엄청나게 뚱뚱했고, 금테 안경을 썼다. 금테 안경만 보일 뿐 눈이 보이지 않았다. 눈이 아주 없는 것은 아니었지만 너무 작아서 잘 보이지 않았다.

그런데 사람들이 그를 보고 놀라는 것은 뚱뚱한 몸이나 작은 눈 때문이 아니었다. 바로 그의 목소리 때문이었다. 여자보다도 더 여자 같은 목소리, 그것은 차라리 유치원에 다니는 계집아이의 목소리에 가까웠다. 남자가, 그것도 그렇게 괴물같이 뚱뚱한 몸뚱이에서 그런 목소리가 나오다니!

그것은 신기한 게 아니라 차라리 소름 끼치는 일이었다. 생각이 제대로 된 정상적인 아이치고 팔켄베르크를 좋아하는 학생은 하나도 없었다. 물론 나도 마찬가지였다. 그것도 아주 싫어하는 쪽이라고 할 수 있었다.

그는 성경에 관한 이야기나 성인들의 이야기를 할 때면 입을 뾰족하게 내밀었다. 그나마 작은 눈은 아예 감겨서 그 흔적을 전혀 찾을 수가 없었다. 손은 거대한 배 앞에 얌전히 모은 채로 말이다.

그는 우리를 부를 때 그 아이 같은 목소리로 언제나 "나의 어린양들!"이라고 말했다. 그래서 우리도 덩달아 그를 '어린양'이라고 불렀다.

그러나 그의 행동은 조금도 어린양답지 않았다. 누굴 봐주거나 용서하는 법이라고는 털끝만치도 없었다. 그가 만약 판사가 되었다면, 모르긴 몰라도 법을 어긴 사람들은 모두 극형에 처해졌을 것이다. 그것도 교수형이나 태형(매질) 같은 시원시원한 형벌이 아니라, 바늘로 콕콕 찌르기 또는 꼬집기 따위의 쩨쩨한 형벌을 내렸을 것 같다.

이 선생은 자기 수업 시간에 누구든 조금이라도 자기 신경을 건드리면 고양이처럼 새파란 눈을 흘기면서 달려들었다. 그리고 우리 담임보다 더 오래 벌을 세우곤 했다. 웬만한 선생은 자기가 담임을 맡은 반 아이들에게나 엄하지, 다른 반 아이들한테는 그렇지 않았다. 그런데 이 '어린양'은 전혀 색다른 인종이었다.

그에 비해서 우리 담임은 지독한 욕쟁이였다. 걸핏하면 아이들에게 '빌어먹을 놈들'이라고 욕을 하곤 했다. 나보고도 그랬다. 언제든 한번 내 머리통으로 벽에 큼직한 구멍을 뚫어 놓고 말겠다는 말까지 했다.

그는 우리 아버지와 잘 아는 사이였다. 그는 아버지와 같은 시골 출신으로 아버지와 같이 사냥도 여러 번 다녔다고 했다. 그런 이유 때문인지 그가 나를 잘 돌봐 주고, 대단한 일이 아니면 그냥 모르는 척한다는 것을 나도 잘 알고 있었다.

외모로 볼 때는 우리 학교에서 가장 사나운 선생이 바로 우리 담임이었다. 언젠가 메르켈이 코피가 터지자, 그걸 닦지도 않은 채 울면서 담임에게 달려가 내가 때려서 그렇게 되었다고 고자질했다. 담임은 나에게 밤새도록 벌을 세우겠다고 고함을 질렀다. 그러나 아이들이 모두 집으로 돌아가고 나자, 그는 교실로 돌아와서 나에게 말했다.

"집에 가거라, 이 망나니 녀석아. 안 보내 주면 저녁 수프가 다 식어 버릴 테니까."

그렇기에 그가 아무리 험한 욕을 해도 아이들은 그를 싫어하지 않았다. 다만 담임 이름인 구르바 앞에 욕쟁이라는 말을 붙여서 '욕쟁이 구르바'라고 부를 뿐이었다.

반면에 신학 선생 팔켄베르크는 욕은 전혀 하지 않았다. 한번은 내가 검은 사제복을 입은 그의 등에 분필 가루를 하얗게 뿌려 놓자, 몇몇 아이들이 킥킥거리며 웃기 시작했다. 그는 그 어린아이 같은 목소리로 물었다.

"나의 어린양들아, 너희들 왜 웃는 거니?"

아무도 대답하지 않았다. 그러자 그는 메르켈을 붙잡고 늘어졌다. 메르켈이야말로 자기를 가장 많이 닮은 치사한 녀석이라는 걸 그는 알고 있는 모양이었다.

"너는 하느님을 믿는 아주 훌륭한 마음을 가진 학생이니까 거짓말을 싫어할 것이다. 무슨 일이 있었는지 나에게 바른 대로 말해 줄 수 있겠지."

메르켈이란 놈은 그럴 때 모른다고 말할 녀석이 아니었다. 녀석은 팔켄베르크에게 등에 분필 가루가 하얗게 끼얹어져 있으며, 그것을 뿌린 것은 바로 나라고 고자질을 해 버렸다.

팔켄베르크의 통통 부은 얼굴이 허옇게 변하더니, 나를 향해 빠른 걸음으로 다가왔다. 나는 한 방 얻어맞을 각오를 하고 마음을 굳게 먹었다.

내 앞으로 다가온 그가 걸음을 멈추었다. 좀 더 지독한 벌을 내리려고 잠시 화를 참으면서 생각하는 것 같았다. 그는 손톱자국 같은 눈을 깜박거리더니 입을 열었다.

"이 가련하고 못된 어린양아. 나는 늘 너에게 너그러운 마음으로 대해 왔건만, 그리고 너그럽게 대하고 싶건만 어쩔 수가 없구나. 미꾸라지 한 마리가 연못 물을 온통 흐리도록 가만둘 수는 없다. 자, 얼른 책가방을 싸라."

그리고 그는 나를 교장실로 끌고 갔다. 나는 여섯 시간 동안이나 벌을 받았다. 나중에 수위 아저씨에게 전해 들어서 알게 되었는데, 우리 담임 구르바가 나서서 내 편을 들지 않았더라면 나는 영락없이 퇴학을 당했을 것이라고 했다. 팔켄베르크는 하느님을 섬기는 사람이 입는 사제복을 더럽힌 나 같은 아이는 다른 아이들의 신앙을 위해서라도 마땅히 퇴학시켜야 한다고 한 시간 이상이나 주장했다는 것이었다.

그때 구르바 선생은 내가 장난이 좀 지나쳤을 뿐이라고 편을 들어 주었다고 한다. 자기가 루트비히 어머니에게 편지를 써서 나를 혼내겠다는 약속을 받아내겠으니, 그쯤으로 처벌을 끝내는 것이 좋겠다고 설득했다는 것이었다. 다행히 다른 선생들도 구르바 선생의 편을 들었기에, 그 정도로 일이 끝나고 만 것이었다.

그 일 때문에 팔켄베르크는 나에게 앙심을 품었고, 나 역시 그에게 복수할 마음을 먹었다. 그렇지 않다면 그것은 내가 바보라는 것을 인정하는 것이라고 생각했다.

그 뒤 팔켄베르크는 무슨 일이 있어도 나를 지명하지 않았다. 내 옆을 지나갈 때도 마치 내가 거기 없다는 듯, 전혀 보이지도 않는 것처럼 굴었다.

그는 프리츠도 못마땅하게 여겼다. 프리츠가 나의 가장 친한 친구인 데다가, 그가 '나의 어린양'을 외칠 때마다 킥킥댔기 때문이었다. 그것 때문에 프리츠는 두 번이나 독방에 갇히는 벌을 받았다. 그래서 프리츠도 이 '어린양'에게 따끔한 맛을 보여 주자는 데 나와 뜻을 같이했다.

프리츠는 뱀을 한 마리 잡아 분필통에 넣어 두자고 제의했다. 그러나 그것은 사람들의 눈을 피하기가 어려워서 시행하는 데 문제가 있었다. 그래서 우리는 교탁 앞에 있는 교사용 의자에 끈끈이를 발라 두기로 했다.

그런데 우리의 '어린양'이 수업 중에 한 번도 거기에 앉지 않는 것이었다. 오히려 그다음 시간에 미술 선생 보구나 씨가 거기에 앉았다가 쩔꺼덕 들러붙고 말았다. 그것도 재미있기는 했지만 '어린양'이 그랬더라면 우린 훨씬 더 통쾌했을 것이다.

프리츠는 물감 장수 집에서 하숙을 하고 있었다. 다음 날, 그는 교탁 색깔과 똑같은 초록 물감 가루를 구해 와 교탁 위에 뿌려 놓았다. 선생들은 대개 수업 중에 교탁 위에 팔을 걸치고 강의를 하곤 했는데, 특히 어린양은 그 짓을 잘했다. 까만 사제복의 양쪽 소매가 초록색으로 물들 것을 생각하며 우리는 그를 무척이나 기다렸다.

그런데 우리의 '어린양'이 하필 그 시간에 몸이 불편해서 수업에 들어오지 못했다. 대신 그 시간에 들어온 지리 선생의 양쪽 소매가 초록색으로 물드는 불상사가 생기고 말았다. 다행히 지리 선생 울리히 씨는 학교 청소부를 불러 호되게 야단쳤을 뿐, 물감을 뿌려 놓은 범인을 잡아낼 생각은 하지 않았다.

우리는 '어린양'의 병이 더욱 원망스러워졌고, 우리의 거사가 실패를 거듭할수록 그를 혼내 주고야 말겠다는 결심이 더욱 굳어졌다.

성자의 조각상

 그런 결의를 다지고 있던 어느 날, '어린양'의 수업이 있는 날도 아니었는데 그가 교장과 함께 우리 교실로 불쑥 들어왔다. 점심시간이 끝난 뒤는 우리가 좋아하는 부르크너 선생의 시간이었기 때문에 우리는 그를 기다리고 있었다. 그런데 부르크너 선생 대신 '어린양'이 교장과 함께 들어온 것이었다. 우리는 가슴이 덜컥 내려앉았다.

 "저 늙다리들이 왜 나타났지? 너 혹시 무슨 장난친 일 있니?"

 내가 프리츠에게 묻자, 프리츠는 고개를 갸우뚱하면서 생각에 잠겼다.

 "글세……, 아주 없다고는 할 수 없지만, 그래도 혼날 만한 일은 없는데……. 너는 어때?"

"나?"

"그래, 너 말이야."

"난 없어."

"나도 없는데."

"하지만 저 늙다리 둘이 같이 나타나다니, 심상치가 않아. 틀림없이 또 누굴 혼내 주려고 나타난 걸 거야."

우리는 불안한 눈으로 그들을 지켜보았다. 그러나 그들은 우리가 생각했던 그런 일로 온 것이 아니었다. 교장을 한 옆에 세워 둔 채 교탁 앞으로 나선 '어린양'이 그 어느 때보다도 더 어린애답고 천진한 목소리로 이렇게 말했다.

"나의 어린양들아, 내가 너희들에게 참으로 기쁜 소식을 전하러 왔으니 모두 기뻐해라. 너희의 목자인 이 팔켄베르크는 그동안 푼푼이 절약한 돈으로, 나의 어린양들을 위해 성(聖) 알로이시우스의 서 있는 모습을 조각한 조각상을 하나 샀단다.

성 알로이시우스는 학문을 탐구하는 젊은이의 본보기라고 할 수 있다. 이 성자의 모습은 이제 우리 어린양들이 조회도 하고 미사도 드리는 우리 학교 강당 안에 세워질 것이다. 이 성자님은 거룩한 받침대 위에서 우리 어린양들을 굽어보시게 될 것이다.

우리 어린양들은 그 아래에서 성자님을 우러러보며 건전하고 두터운 신앙심을 기르도록 해라."

이어서 교장 선생이 팔켄베르크와 자리를 바꿔 서서 다음과 같이 말했다.

"팔켄베르크 선생님이 그 조각상을 사신 것은 매우 숭고한 일이며, 우리 학교 전체가 기뻐해야 할 일이다. 토요일에는 그 성인의 조각상이 우리 학교에 온다. 우리는 다 같이 시외까지 나가서 그 조각상을 모셔 와야 한다.

그리고 일요일에는 학교에서 뜻깊은 제막식이 거행될 것이다. 물론 이 뜻깊은 이틀간의 행사에 단 한 사람도 빠져서는 안 된다."

그들은 다른 교실에 가서도 그 말을 하기 위해 부리나케 나가 버렸다.

수업이 끝난 뒤 교문을 나서면서 나와 프리츠는 서로의 마음을 털어놓았다.

"어린양은 일부러 토요일을 골라서 그걸 운반해 오게 했을 거야. 그 작자는 우리가 조금이라도 편히 지내는 꼴은 못 본다니까."

"그래, 맞아. 그리고 일요일에 제막식을 한다는 것은 교장 머리에서 나온 생각이겠지. 그 늙은이도 야비하기로 따지자면 어린양에 뒤지지 않는 인간이니까."

우리는 두 사람의 욕을 한바탕하고 나서 그 조각상을 실어 오는 마차를 뒤집어 버리든가, 아니면 다른 조처를 마련해야겠다고 뜻을 모았다.

우리는 일단 프리츠의 하숙집으로 가서 의논하기로 했다. 프리츠의 하숙집 주인도 벌써 그 조각상 이야기를 알고 있었다. 지방 신문에 이미 그 기사가 실린 것이었다.

"토요일에 그걸 들여오고, 일요일에는 제막식을 한다고? 그거 참 안됐구나."

그는 우리를 많이 이해해 주었다. 우리와 이야기도 나누고 우리에게 담배를 권하기도 했다. 그도 팔켄베르크 욕을 했다. 그는 자기 아들이 우리 학교 입학시험에 합격하지 못한 것은 순전히 이웃에 사는 팔켄베르크 때문이라고 생각하고 있었다. 그러나 나는 그렇게 생각하지는 않았다. 그건 아저씨네 아들이 머리가 나쁜 탓이었다.

프리츠의 하숙집 주인은 신문에 실린 성인의 조각상에 관해 코웃음을 치며 이렇게 말했다.

"흥, 그 작자가 학교에 뭐 대단한 거라도 바치는 것처럼 요란하게 광고하고 동네방네 떠들고 다니지만, 사실은 그게 아냐. 그 조각상은 대리석도 아니고 구리로 만든 것도 아냐. 그냥 석고를 부어 만든 거라고! 그것도 훌륭한 조각가가 만든 것도 아니고, 석회 공장 직공이 연습 삼아 빚어 본 거지. 쓰다 버리게 된 성형 틀이 있어서 말이야. 거기다 반죽을 부어서 구워 낸 건데 하도 거칠게 만들어서 도저히 팔 수 없는 물건이었지. 그래서 공장 마당 한구석에 그냥 버려진 채로 방치되어 이삼 년 동안이나 눈비를 맞았던 물건이야.

그런 걸 팔켄베르크란 작자가 어떻게 발견해서는 공짜로 얻은 거겠지. 그러고는 많은 돈이나 주고 산 것처럼 생색을 내고 있는 거란 말이야. 그 작자는 능히 그러고도 남을 녀석이야. 그 작자는 지금도 나랑 같은 동네에 사는데, 고향에서도 나와 같이 자랐어. 그래서 나는 그 자식이 얼마나 위선자이며 옹졸하고 간교한 인간인지를 잘 알고 있지."

세 사람은 그렇게 '어린양' 욕을 실컷 했다. 세 사람이 그렇게 한마음으로 누굴 욕한다는 건 정말 흔한 일이 아니었다.

"그자는 어린양이 아니라 똥개야."

"맞아, 멍청한 파렴치한이지."

"세상의 법이란 게 늘 엉뚱한 사람들만 걸고넘어지지. 상대를 잘못 고른단 말이야. 그러니까 그런 작자가 저렇게 설치고 있는 거라고. 강도보다도 그런 작자부터 잡아 가둬야 하는 건데……."

"맞아요."

"지옥의 왕이 그 녀석을 본다면, 시뻘겋게 단 인두로 다림질을 해 버릴 거야."

"하도 뚱뚱해서 다림질하는 데도 시간이 꽤 오래 걸릴걸."

"암, 적어도 사나흘은 족히 걸릴 거야."

음모

 토요일이 되었다. 우리 학교 학생들은 줄지어 거리를 행진하기 시작했다. 맨 앞에서 교장 선생이 팔켄베르크와 함께 걸어갔고, 그 뒤를 다른 선생들이 따라갔다. 우리 담임 구르바 선생은 개신교 신자라서 이 행사에 참석하지 않았다.
 거리를 빠져나가 한참 걸어가니 언덕길이 나타났다. 우린 그 언덕 위에 멈춰 서서 조각상이 오기를 기다렸다. 거기서는 멀리 석회 공장이 있는 마을이 내려다보였다.
 우리가 마을까지 가지 않고 언덕에서 기다리게 된 데는 그 성인 조각상에 대한 내막이 우리 귀에 들어갈까 봐 걱정한 팔켄베르크의 의도가 다분히 깔려 있다고 생각되었다.

학교 수위 아저씨가 석회 공장 쪽에서 헐레벌떡 달려오더니 조각상이 오고 있다고 전해 주었다. 그리고 나서도 우리는 30분 동안이나 그곳에서 기다려야 했다.

이윽고 언덕 아래쪽에서 큼직한 상자가 실려 있는 마차가 나타났다. 팔켄베르크는 뛰어가서 마부에게 성 알로이시우스 조각상을 운반해 오는 마차냐고 물었다. 마부는 그렇다고 대답했다.

그 상자 안에 조각상이 들어 있었다. 팔켄베르크는 마차가 너무 초라해 보인다면서, 상자에 전나무 장식이라도 해 오면 좀 좋았겠느냐며 화를 냈다. 마부는 그건 자기가 알 바 아니고, 다만 주인이 시키는 대로 했을 뿐이라고 대답했다. 아무리 팔켄베르크라도 그 마부에게 더 이상 무슨 할 말이 있겠는가. 그저 꿀먹은 벙어리가 될 수밖에.

우리는 마차 뒤를 따라 걸어갔다. 학교 강당에서는 우리가 도착할 때까지 종이 울렸다. 마부는 강당 앞에 마차를 세웠다. 그러자 팔켄베르크가 상급반 중에서 가장 몸집이 큰 학생 네 명을 시켜 상자를 내리도록 했다. 그들은 상자를 강당 안으로 운반했다. 네 명 가운데 두 명은 포인트와 라이헨베르거였다.

종소리가 그쳤고, 우리는 이제 돌아가도 되었다. 상급반 학생 네 명만 남아서 일을 거들면 되었다. 제막식과 헌납식은 내일 치르기 때문에 다른 아이들은 더 이상 남아 있을 필요가 없었다. 나는 조각상이 어디쯤 세워지는지 보아 두었다. 오른쪽에서 세 번째 창가였다. 그곳에 받침대가 놓여 있고 꽃들로 장식되어 있는 것으로 보아 알 수 있었다.

프리츠와 나는 함께 교문을 나섰다. 그때 공부밖에 모르는 프리데만이 우리를 따라왔다. 그가 옆으로 다가오자, 프리츠는 동사 변화를 아직 공부하지 않아서 빨리 집에 돌아가 벼락치기 공부라도 해야겠다고 능청을 떨었다.

"동사 변화? 그런 숙제도 있었어?"

프리데만이 물었다.

"숙제가 아니고, 월요일에 시험을 보잖아."

"월요일에 시험을 봐? 난 처음 듣는 소린데?"

"구르바 선생이 며칠 전에 분명히 말했어. 월요일에 동사 변화 시험이 있으니까 단단히 준비해 오라고 그랬잖아. 루트비히, 너도 들었지?"

"글쎄, 난……."

프리츠는 프리데만 모르게 얼른 내게 한쪽 눈을 찡긋 감아 보였다. 그래서 나도 그런 것 같다고, 아니 분명히 그렇다고 대꾸해 주었다.

그러자 겁 많은 모범생 프리데만은 시험 칠 걱정을 하며 곧장 우리를 떠났다.

"이제야 우리 둘만 남았구나."

"그런데 그 녀석은 왜 따돌린 거야? 월요일에 시험 본다는 소린 없었잖아?"

"물론 없었지. 하지만 그 녀석이 옆에 있으면 일을 꾸밀 수 없단 말이야."

그러고 나서 그는 이제 '어린양'이 뒤로 넘어갈 지경으로 멋지게 복수할 수 있는 방법이 생각났다고 소곤거렸다. 성 알로이시우스의 조각상에 돌을 던져서 그걸 아주 엉망으로 만들어 버리자는 것이었다.

나는 처음에 프리츠가 농담을 하는 줄 알았다. 그러나 그는 진심이었다. 내가 도와주지 않으면 자기 혼자서라도 하겠다는 것이었다. 그래서 나는 같이 하겠다고 했는데, 속으로 좀 겁이 났다. 들키는 날에는 퇴학당할 게 뻔했기 때문이다. 그러나 프리츠는 가볍게 대꾸했다.

"그러니까 아무한테도 들키지 않게 감쪽같이 하면 될 것 아냐? 그리고 말이야, 그 일을 해치운 뒤에도 '어린양' 그 자식이 눈치채지 않도록 엄청 행동을 조심해야지."

우리는 그날 밤 8시 정각에 교문 앞에서 만나기로 약속하고 헤어졌다. 나는 저녁을 먹고 나서 프리츠와 함께 동사 변화를 공부해야 한다고 말한 다음 서둘러 집을 나섰다.

사상 최대의 보복

내가 학교 교문 앞에 이르렀을 때 주위는 이미 캄캄해져 있었다. 여기까지 오는 동안 아는 사람을 하나도 만나지 않은 것이 다행스럽게 여겨졌다. 프리츠는 벌써 와 있었다.

우리는 교정의 너도밤나무 숲 그늘로 들어가 더 어두워지기를 기다렸다. 사방은 쥐 죽은 듯 고요했다.

그때 학교 울타리 밖 길에서 발자국 소리가 다가왔다. 나무 밑에 숨어 있는 우리가 길에서 보일 까닭이 없었지만, 우리는 몸을 잔뜩 움츠렸다.

울타리 밖 길을 걷고 있던 사람은 공증인이었다. 지방 신문에 시를 투고하는 것과 산책이 그의 취미였다. 그의 시가 신문에 몇 번 실린 적도 있었다.

만약 그가 우리를 발견하고, 너희들 거기서 뭐 하냐고 물으면 뭐라고 대답해야 할까?

그러나 그는 아무것도 알아차리지 못하고 그냥 지나쳤다. 우리는 그의 발자국 소리가 멀리 사라져 잘 들리지 않게 되자, 강당을 향해 살금살금 다가갔다.

강당은 교정에서 가장 깊숙한 곳에 자리 잡고 있었다. 학교 수업이 끝나면 그 근처는 인적이 드물었다. 하물며 토요일 저녁, 주위가 어두워진 지금은 오죽하겠는가.

학교에는 학교 수위 부부밖에 없을 시간이었다. 그러나 모르긴 해도 수위는 그때쯤 학교에 있지 않을 것이었다. 그는 스타 양조장에서 술을 퍼마시고 있을 것이 분명했다. 그곳에서는 술을 아주 싼 값에 마실 수 있기 때문이었다.

우리는 강당 가까이서 주먹만 한 돌을 하나씩 집어 들었다. 그러고는 목표 지점인 창문을 다시 한 번 살펴보았다.

"루트비히, 겨냥을 잘해야 해. 넌 창문 중간쯤에다 던져. 나는 조금 더 높이 던질 테니까. 잘만 하면 알로이시우스의 얼굴은 엉망이 될 거야."

프리츠가 그렇게 말했다.

우리는 몇 번 연습을 한 뒤 겨냥을 신중히 하여 힘껏 돌을 던

졌다. 유리창 깨지는 소리가 요란하게 들렸고, 곧 알로이시우스가 부서져 내리는 소리가 났다. 성공이었다.

우리는 얼른 강당 뒤쪽 덤불 속에 뛰어들어 몸을 감췄다. 그리고 인기척이 들리는가를 살피기 위해 주변을 두리번거렸다. 그러나 사방은 아주 조용했다.

"잘된 것 같지?"

"그래. 이젠 남의 눈에 들키지만 않으면 되는 거야. 교문으로 나가지 말고 학교 담을 뛰어넘자."

"그게 좋겠다."

우리는 학교 뒷담을 넘었다. 아무에게도 들키지 않았다. 우리는 프리츠의 하숙집으로 갈 때도 어두운 곳만 골라 걸었다. 우리를 알아본 사람은 하나도 없었다.

프리츠의 하숙집에서도 현관으로 들어가지 않고, 뒷문으로 슬쩍 들어가 계단을 소리 없이 올라갔다. 프리츠는 자기가 집에 있는 것처럼 일부러 방에 불을 켜 놓고 나왔다. 우리는 안도의 숨을 내쉬면서 이마에 흐르는 땀을 닦았다.

그때였다. 갑자기 누군가가 계단을 올라와 문을 두드렸다. 나는 아직 땀이 마르지 않아서 창가로 물러섰다. 프리츠는 책상 앞에 앉아 이마에 손을 대고 공부를 하는 척했다. 찾아온 사람은 프리데만네 가정부였다.

그녀는 월요일에 시험이 없다는 프리데만의 전갈을 가지고 온 것이었다. 프리데만이 라이텔과 칸츠라에게도 물어보고, 다른 학생 몇 명에게도 물어서 시험이 없다는 걸 확인했다는 것이었다.

프리츠도 아직 땀을 채 닦지 못한 상황이었다. 그래서 프리츠는 머리도 들지 못한 채 자기는 분명히 그렇게 들었다면서, 그래서 여태까지 동사 변화를 공부하고 있었다고 말했다. 하지만 프리데만의 말이 사실이라면 자기도 이제 한숨 돌릴 수 있겠다고 했다.

프리데만의 가정부는 그 말을 전하고 나서 곧 내려갔다. 아래층에서 하숙집 아주머니와 그 여자가 주고받는 말소리가 들렸다. 하숙집 아주머니는 학교에서 공부를 너무 많이 시키는 것 같다며, 프리츠가 토요일 저녁인데도 저렇게 공부만 하는 걸 보니 가엾다고 말했다.

다음 날은 조각상 제막식이 있는 일요일이었다. 8시에 강당에서 미사가 있고, 이어서 제막식을 겸한 알로이시우스 조각상의 헌납식이 있을 예정이었다.

나는 지난밤의 피로가 깨끗이 풀려서 가벼운 발걸음으로 학교에 갔다.

사람들이 웅성거리며 강당 앞에 모여 있었다. 학교 수위가 사람들 가운데 서 있었고, 수위 옆에는 교장과 팔켄베르크가 서 있었다.

그들은 강당의 깨어진 유리창을 올려다보고 손가락질을 하면서 이야기를 주고받고 있었다. 창문에는 아래위로 구멍이 두 개나 뚫려 있었다. 나는 옆에 서 있는 라이텔을 보고 무슨 일이냐고 물었다.

"알로이시우스의 코와 입이 떨어져 나갔어."

"왜? 조각상을 세울 때 넘어뜨렸나?"

나는 시치미를 뚝 떼고 물었다.

"아니, 그런 게 아니고 창문으로 돌이 날아 들어온 거야."

"돌?"

"응, 주먹만 한 돌이야. 그것도 두 개씩이나."

"어떻게 돌이 거기까지 들어왔을까?"

"그거야 모르지."

"혹시 운석이 아닐까?"

"운석?"

"응, 별똥별 말이야."

"그렇진 않을 거야. 별똥별이라면 곧장 바닥으로 떨어지지 왜 옆으로 날아들었겠어."

"하긴 그래."

허풍선이들

피케라와 프리데만, 그리고 칸츠라가 우리 옆으로 다가왔다. 피케라는 언제나 똑똑한 체하는 녀석이다. 그는 자기가 이번 사고의 내용을 가장 먼저 들었다며 신이 나서 떠들었다.

"팔켄베르크와 내가 교문에 같이 들어섰거든. 나는 오늘 아침에 집에서 기분 나쁜 일이 있어서 좀 일찍 나왔지. 덕분에 이 사건의 최초 목격자가 되었지만 말이야."

"허튼소리는 빼고, 본론부터 얘기해. 답답하잖아."

별 뾰족한 내용이 있을 리 없는 이야기였다. 하지만 나는 호기심이 잔뜩 생긴 것처럼 이야기를 재촉했다.

"그래, 알았어. 이야기에는 다 순서가 있는 법이야. 좀 기다려."

"글쎄, 어서 하라니까."

"잠자코 좀 있어라. 그래야 애가 마저 이야길 하지."

피케라의 이야기로는, 그들이 교문으로 들어서자 수위가 달려와 그들을 강당으로 안내했다는 것이다. 그리고 그 광경은 정말 볼 만했다고 했다.

"물론 창문에 구멍이 두 개 뚫려 있는 것은 이미 봤지만, 그 창문을 뚫은 돌 두 개가 알로이시우스의 얼굴을 그렇게 정통으로 맞힐 줄이야 상상이나 했겠어? 코언저리하고 입 부분이 몽땅 떨어져 나갔더군. 마룻바닥은 석고 부스러기가 떨어져서 온통 하얀 가루로 범벅이 되었고……. 창문에서 날아 들어온 돌에도 석고가 많이 묻어 있었어. 그때 난 팔켄베르크가 기절하는 줄 알았지. 얼굴이 백지장처럼 하얘지더니 다시 목부터 시뻘겋게 달아오르고……, 아마 그런 광경은 돈 주고도 못 볼 거야."

누가 돌팔매질을 했는지 밝혀지기만 하면 그자는 목이 달아날 것이라고, 피케라는 덧붙였다.

"팔켄베르크가 반드시 그러고 말겠다고 맹세까지 했거든. 두 주먹을 꽉 쥐고는 부들부들 떨면서 하느님께 맹세했단 말이야. '하느님, 당신의 어린양으로 하여금 저 흉악한 범인을 벌줄 수 있게 하소서!' 이렇게 말이야. 그러니 범인이 잡히면 퇴학을 당할 게 뻔하지."

"퇴학이라니?"

"퇴학이지, 그럼. 그놈은 걸렸다 하면 퇴학이야."

"그럼 돌을 던진 게 우리 학교 학생이란 말이야?"

"우리 학교 학생이 아니라면 누가 일부러 그런 짓을 했겠니?"

"흠……."

아이들의 얼굴을 보니 알로이시우스의 얼굴이 부서져서 신난다는 표정들이었다. 그러나 나와 프리츠는 그저 덤덤한 표정을 짓고 있었다. 프리츠는 프리데만 옆으로 가더니, 이제 자기는 동사 변화를 완전히 이해했다고 말했다.

"사실 공부라는 게 하기 전이나 막상 하려고 할 때는 끔찍하지. 하지만 공부를 하고 나면 정말 기분 좋아. 안 그래, 루트비히?"

프리츠와 나는 그날 다른 아이들보다 훨씬 점잖게 굴었다. 우리는 아이들 틈새를 뚫고 현관 앞으로 갔다. 거기에는 선생들과 상급반 아이들이 모여 있었다.

그 가운데서 수위가 여전히 떠들어 대고 있었다. 그는 처음부터 되풀이해서 이야기하고 또 이야기했다.

그의 이야기는 대충 다음과 같았다.

그는 범행이 있던 그 시간에 집에 있었으며, 맥주를 한 잔 마실까 생각하던 참이었다고 했다. 그런데 그의 부인이 어디선가 쨍그랑 소리가 났으며, 뭔가 깨진 것 같다고 말하더라는 것이었다.

"어디서 창문이 깨진 걸까?"

두 사람은 귀를 기울였다. 그러나 소리는 더 이상 들리지 않았다.

"하지만 그런 소리가 났는데 가만히 있을 수가 있나요? 그래서 나는 엽총을 챙겨 들고 밖으로 나갔지요."

그는 강당까지 갔을 때 무슨 인기척 같은 것을 들었다고 했다.

"그래서 저는 누구냐고 소릴 질렀죠. 군대 시절에 그렇게 배웠거든요. 군대 시절에 전 특무 상사였어요. 보초를 설 때 인기척이 있으면 그렇게 소릴 지르게 되어 있죠. 대답이 없으면 그냥 쏘는 거예요. 전 세 번이나 소리쳤어요. 누구냐고요……. 하지만 아무 대답도 없고 인기척도 없더군요. 그래서 저는 운동장이랑 학교 주위를 두세 바퀴 돌아본 다음 스타 양조장으로 갔습죠. 딱 한잔만 하러……, 맥주 생각이 간절하더군요."

물론 그의 말은 거짓말이었다. 그는 그 시간에 이미 스타 양조장에 가 있었다. 나중에 취해서 돌아와 운동장을 돌아봤는지 어쨌는지는 몰라도 '쨍그랑' 소리를 듣고 달려 나갔다는 것은 새빨간 거짓말이었다.

교장 선생은 그에게 혹시 의심 가는 사람이 없느냐고 물었다. 그러자 수위는 한 사람이 의심스럽긴 하지만, 아직 확증을 못 잡아서 지금 당장 그게 누구라고 말할 수는 없다고 했다.

"하지만 저는 장담할 수 있습니다. 이 두 손으로 반드시 그 범인을 잡아낼 겁니다. 범인들이란 나중에 범죄 현장에 다시 와서 돌아보기 마련이거든요. 소설에서 봤습니다. 그러니 전 오늘 밤부터 현장에 숨어서 지킬 겁니다. 누구냐고 한 번만 물어보고는 곧바로 총을 쏘아 버릴 거예요."

팔켄베르크는 범인이 잡히도록 기도하겠다고 말했다. 그리고 오늘은 알로이시우스 조각상을 치워야 하기 때문에 미사도 드릴 수 없다면서 우리를 돌려보냈다. 그러면서 우리도 돌아가서 이 사건의 범인이 잡히도록 기도해야 한다고 말했다.

모두들 돌아갔으나 나는 프리데만, 라이텔과 함께 좀 더 그 자리에 남아 있었다. 수위가 우리들 옆으로 와서 '쨍그랑' 소리가 났다는 둥, 자기 부인이 먼저 그 소리를 들었다는 둥 또다시 그 이야기를 주절주절 늘어놓았기 때문이다.

그는 자기가 범인을 일주일 안에 붙잡든지 쏘아 죽이든지, 아니면 최소한 발목이라도 쏠 것이라고 떠벌렸다. 나는 프리츠에게 가서 그런 이야기를 전해 주었고, 우리는 배꼽을 잡고 웃었다.

그 뒤 일제히 범인을 찾는 조사가 있었다. 학급마다 범인을 아는 사람이 있는지 조사한 것이었다. '어린양' 씨는 누가 그런 짓을 했는지 밝혀지기 전에는, 우리에게 알로이시우스 조각상을 선물하지 않겠다고 말했다. 하지만 우리는 그게 조금도 아쉽지 않았다.

신학 수업이 시작되기 전이면 언제나, 이 몸서리쳐지는 신앙 모독 행위를 벌인 범인을 잡게 해 달라고 우리 모두 입을 모아 기도해야 했다.

물론 그런 짓은 아무 소용이 없었다. 아무도 단서를 잡지 못했고, 오직 나와 프리츠만이 그 범인을 알고 있을 뿐이었다. 그리고 우리 둘은 범인을 밀고할 생각이 전혀 없었다.

노랑이 부부

나는 갑자기 무척 착해졌다. 신학 선생 팔켄베르크가 우리에게 3주일 동안이나 첫 영성체를 하기 위한 준비를 시켰기 때문이다. 그래서 나는 프리츠에게 말했다.

"야, 이젠 우리도 좀 달라져야겠어. 새로운 생활을 시작해야지."

프리츠도 같은 생각이었다. 프리츠는 최근 팔켄베르크에게 몹시 충격을 받았다. 팔켄베르크가 흐느껴 울면서, 이렇게 타락한 아이들을 도무지 하느님의 제단 앞으로 인도하지 못하겠다고 호소하며 기도하는 것을 들은 것이었다.

그가 그런 기도를 하게 된 것은 수업이 시작되기 직전에 누군가가 문손잡이에 겨자를 발라 놓은 것을 팔켄베르크가 발견했기 때문이다. 팔켄베르크는 그것을 똥으로 잘못 안 것이었다.

나는 프리츠가 그 짓을 했다는 걸 알고 있었으며, 팔켄베르크가 그 손잡이를 잡고 들어와서 무척 기뻐했다. 그러나 그는 그것 때문에 나쁜 장난기가 없어지도록 해 달라고 반 시간 동안이나 우리를 붙잡고 기도했다.

그 시간이 끝나자, 프리츠는 그 기도가 효과가 있는 것 같으냐고 물었다. 나는 그렇게 믿는다고 말했다.

우리가 함께 기도하지 않았다면, 팔켄베르크는 아직도 기도를 계속하고 있을 것이었다. 나는 이런 말도 해 주었다.

"프리츠, 이젠 너도 달라져야 해. 마음만 먹으면 그건 무척 쉬운 일이야."

프리츠는 나더러 벌써 딴사람이 된 거냐고 물었다. 나는 그렇다고 대답했다.

"그래, 난 이제 마음이 아주 경건해졌어. 내가 기도서를 읽고 있으면 파니 아주머니는 눈이 휘둥그레져서 날 쳐다보곤 해. 몇 번 그러더니, 페피 아저씨한테 가서 내가 아주 딴사람이 되었다고 그러는 거야. 파니 아주머니는 내가 이제 철이 들었다고 생각하는 것 같아. 생각해 보니까 나 역시 그런 것 같아. 난 이제 혼자서도 기도를 할 수 있어. 그것도 10분, 15분씩 말이야. 그리고 파니 아주머니에게 골탕을 먹일 생각도 더는 하지 않아."

"그렇구나. 그렇다면 그건 확실히 변한 거야. 그런데 어떻게 그렇게 변할 수 있지?"

"아주 쉬워. 하려고 마음먹으니까 그렇게 되더라고. 그러니까 너도 노력해 봐."

프리츠는 내일부터 그렇게 해 보겠다고 했다. 하지만 오늘은 구두장이 레텐베르거 집 창문에 돌을 던져야 하기 때문에 그렇게 할 수 없다고 했다.

"레텐베르거?"

"응, 난 오늘 그 집 유리창에 돌을 던져야 해."

그 작자가 학교 수위한테 프리츠가 담배 피우는 것을 보았다고 고자질했다는 것이다. 나는 나도 함께 할 테니 첫 영성체(일정 나이가 되었을 때 처음으로 영성체를 하는 의식)를 할 때까지 기다리라고 했다. 그러나 프리츠는 그 작자의 창문을 부수기 전에는 화가 나서 기도도 할 수 없다고 말했다.

레텐베르거는 프리츠만 보면 언제나 비웃어 댔다. 어제도 프리츠를 보더니 뒤에서 비웃으며 고함을 질렀다.

"옳지, 네놈이구나. 내가 다 봤다, 네가 하는 짓을! 이 사고뭉치, 못된 놈아!"

사태가 이렇게 험악해지다 보니 나로서도 프리츠가 옳다고 생각할 수밖에 없었다. 그래서 나도 함께 행동하고 싶었다. 그러나 나는 벌써 일주일 동안이나 영성체를 위한 준비를 해 왔다. 그래서 난 프리츠를 도울 수 없었다. 그렇지 않으면 처음부터 영성체를 위한 준비를 다시 시작해야 했는데, 그건 결코 쉬운 일이 아니었다.

내가 라틴 어 학교에 다니느라 하숙하고 있는 파니 아주머니네 집은 결코 지내기 편한 곳이 아니었다. 무엇보다도 나는 배가 고팠다. 파니 아주머니는 우리 어머니에게서 하숙비를 충분히 받고 있으면서도, 배가 부르면 공부하는 데 방해가 된다며 언제나 내게 음식을 조금씩만 주었다. 그러나 나는 그 아주머니가 나를 그렇게 생각해 주는 사람이라고 느껴 본 적이 없었다. 나 하나한테서 하숙생 두 사람만큼의 이익을 남기려고 그러는 것뿐이었다.

파니 아주머니는 내가 기도하는 것도 빠짐없이 감시했다. 잠들기 전에 나는 묵상 기도를 해야 했다. 나는 위인들의 고해록을 대충 중얼중얼 읽는 것으로 기도를 대신했다. 밖에서 그걸 들은 파니 아주머니와 페피 아저씨는 이제 내 믿음이 깊어지고 있다고 여기게 되었다.

페피 아저씨는 신앙심이 아주 대단한 사람으로 알려져 있었는데, 지금은 재판소의 서기이지만 한때는 신부가 되려 했다고 했다. 그런데 돈이 없어서 신학교에 들어가지 못했다고 그는 늘 입버릇처럼 말했다.

그러나 나는 어느 날 페피 아저씨와 파니 아주머니가 대판 부부 싸움을 할 때 그 진상을 알게 되었다. 페피 아저씨는 머리가 나빠 신학교 시험에서 떨어진 것이었다. 신학교 입학시험을 무려 다섯 번이나 보았다면 그건 뻔한 이야기였다. 그는 돈이 없어서 신학교에 가지 못한 것이 아니었다.

그런데 팔켄베르크가 이 페피 아저씨를 좋아했다. 아저씨가 거의 매일 성당에 나가서, 술집이며 거리에서 사람들이 팔켄베르크에 대해 험담한 것을 모두 알려 줬기 때문이다.

어머니가 나를 이 집에서 하숙하도록 한 것도 이 아저씨의 그 알량한 신앙심 때문이었다. 여기서 지내면서 페피 아저씨처럼 신앙심이 두터워지게 본받으라는 것이었다. 그러나 그것은 나에게 너무 힘든 일이었다. 아무리 신앙심에 보탬이 된다고 해도 고자질 따위는 내 적성에 맞지도 않았고, 배울 생각은 더더욱 없었다.

어머니는 내가 영성체를 위한 준비를 할 수 있도록 좀 도와달라고, 얼마 전에 이 아저씨에게 편지를 보냈다. 페피 아저씨는 얼씨구나 하고 나섰다.

페피 아저씨는 날마다 저녁 식사를 마치고 아홉 시까지 내 앞에 버티고 앉아 설교를 했다. 도대체 감동이라는 것을 느낄 수 없는, 지루하고 짜증 나고 사람을 미치게 하는 설교를 자그마치 두 시간 이상이나 해 댔다. 그러고 나서 그는 술집으로 갔다. 이 세상에 술집이 없었다면, 나는 그가 졸려서 쓰러질 때까지 꼬박 당하고 있을 수밖에 없었을 것이다.

며칠 전에는 이 페피 아저씨가 영성체를 위한 준비 책에 씌어 있는 구절을 낭독했다.

"사람들은 날마다 자기 양심을 되살펴야 한다. 성자 이그나티우스가 그렇게 했던 것처럼."

이 구절을 낭독하며 그는 눈을 크게 뜨고 좋아했다. 그러면서 나더러 너도 성자 이그나티우스처럼 하는 것이 좋겠다고 했다. 이그나티우스는 자기의 모든 잘못을 조그마한 공책에 적어 그것을 베개 속에 넣고 잤다고 했다. 그렇게 잠을 자면서까지 자신의 잘못을 뉘우쳤다는 것이다.

나도 그 말이 그럴싸하게 들렸다. 그래서 나는 그동안의 잘못을 수첩에다 적어서 베갯잇 속에 끼워 두었다. 그런데 잠을 자고 아침에 일어나 보니, 분명 베갯잇 속에 끼워 두었던 그 수첩이 온데간데없었다. 정말 귀신이 곡할 노릇이었다.

그런데 그날, 내가 학교에서 오자마자 페피 아저씨가 나를 불렀다.

"야, 이 녀석, 너 지난여름에 내 바지 주머니에서 2마르크 훔쳐 갔지? 내가 다 안다!"

나는 비로소 이 작자가 내 수첩을 훔쳐 읽었다는 것을 알았다. 그러나 내가 이 작자의 주머니에서 훔친 것은 60페니히뿐이었다. 수첩에다 돈을 훔친 적이 있다고만 써 놓았지, 얼마인가를 써 놓지 않은 것이 내 잘못이라면 잘못이었다. 설마 그걸 훔쳐 볼 사람이 있으리라고는 꿈에도 생각하지 못했던 것이다.

파니 아주머니는 고해 성사는 비밀이므로 그 사실을 어머니에게 써 보내서는 안 된다고 말했다. 그래서 나는 겨우 숨을 돌릴 수가 있었다. 그들이라면 정말 무슨 짓인들 못하랴 싶었다.

식사 후 페피 아저씨는 '영혼의 목욕'이라는 글을 읽었다. 그것은 성 안토니우스에 관한 이야기였다. 어떤 죄를 많이 지은 사람이 성자에게 와서 고해 성사를 하려고 했다. 성자는 그 사람에게 그동안 지은 죄를 종이에 적으라고 했다. 그래서 그 사람은 시키는 대로 했고, 성 안토니우스는 그가 자기 죄를 한 가지씩 읽을 때마다 그 죄가 씻기게 해 주었다.

아저씨는 그 이야기를 두 번 읽었다. 그리고 아주머니를 돌아보며 이렇게 말했다.

"이봐요 파니, 이 얘기에서 우린 교훈을 찾아볼 수 있어. 성자가 죄 많은 사람의 죄를 하나씩 용서해 준 것처럼, 우리도 이 아이의 죄를 용서해 줘야 해요. 이 애가 그동안 자기가 저지른 죄를 남김없이 고백하기만 한다면 말이오."

나는 수첩에다 내 잘못을 두세 가지밖에 적지 않은 것이 여간 다행스럽지 않았다. 이 작자는 지금 내 약점을 캐내 그걸 이용해 먹으려고 수작을 부리는 것이었다. 하지만 한 번 당한 것도 억울한데, 두 번씩 당할 바보가 어디 있단 말인가. 정말 사람을 우습게 보는 작자였다. 그런 점에서는 파니 아주머니도 못지않았다. 아주머니가 한다는 말이 참으로 걸작이었다.

"여보! 저 아이를 용서해 주는 건 좋지만, 저 아이가 훔친 돈은 저 애 어머니가 물어내야 해요."

"당연하지. 모든 걸 정직하게 밝히기 위해서라도 꼭 말씀드려야지. 그래야 저 애도 마음이 홀가분해질 테니까."

"하지만 여보, 당신도 바지 주머니에다 그렇게 많은 돈을 넣고 다니지 마세요. 술집에 한잔하러 가면서 무엇 때문에 돈을 그렇게 많이 가지고 가는 거예요? 맥주 석 잔이면 36페니히밖에 안 되잖아요? 거기 있는 웨이트리스에게 팁을 주려고 그러는 거죠? 마치 돈을 잘 벌어서 흥청망청 쓰는 사람들처럼. 하지만 당신 월급은 그냥 빠듯하게 살기에도 모자랄 지경이라는 걸 알아야 해요. 우리가 저 애라도 맡지 않았다면……."

"쓸데없는 소리 하지 말라고! 저 녀석이 들었다가 또 무슨 생각을 할지 어떻게 알고……."

"당신이 바지 주머니에다 돈을 많이 넣고 다니는 걸 알면 보나마나 또 훔치려고 하겠지요, 뭐. 그동안 얼마나 훔쳐 냈는지 어떻게 알아요? 물론 당신은 알 리가 없죠. 당신은 도대체 뭘 조심할 줄 모르는 양반이니까."

"저는 딱 한 번 60페니히를 꺼내 갔을 뿐이에요."

나는 듣다 못해서 이렇게 말했다. 그러나 내 말을 믿어 줄 그들이 아니었다.

"적어도 2마르크는 있었다. 그러나 네가 정말 잘못을 뉘우치고, 다시는 그런 죄를 저지르지 않겠다면 너를 용서하마. 이제부터 다시는 그런 짓을 하지 않을 것이고, 유혹을 피할 것이며, 내 바지 주머니를 뒤지지 않겠다고 굳게 맹세해라."

나는 무척 화가 났지만 그런 내색을 할 수는 없었다. 하지만 첫 영성체를 하고 나면 이 부부의 얼굴이 새파랗게 질리도록 혼내 주고야 말 것이었다.

페피 아저씨의 금붕어를 잡아서 버리든지, 그렇지 않으면 뭐든 찾아서 아주 망쳐 놓고 말 작정이었다.

착해지고 싶어도……

닷새가 지났다.

프리다 고모의 딸 바바라도 올해 처음으로 영성체를 할 예정이었다. 그날은 프리다 고모가 바바라를 페피 아저씨 집으로 데리고 와서 법석을 떨었다. 나는 속으로 욕지기가 날 지경이었다.

프리다 고모의 딸 바바라는 못생긴 데다가 하는 짓도 꼴불견이고 변덕쟁이였다. 나는 바바라를 쳐다보고 싶지도 않았다. 그러나 프리다 고모는 그 아이 칭찬에 침이 마를 지경이었다. 너무 떠벌리는 꼴이 눈꼴사나워서 나는 더 이상 봐줄 수가 없었다.

게다가 프리다 고모는 파니 아주머니와 아주 가까운 사이여서, 둘은 마주 앉기만 하면 우리 어머니 이야기를 했다. 듣기 싫게 말이다.

프리다 고모는 저녁이면 자주 놀러 왔다. 프리다 고모는 지난번에 왔을 때 내가 첫 영성체 준비를 하고 있다는 말을 듣더니, 페피 아저씨에게 이렇게 말했다.

"페피 아저씨가 참 좋은 일을 하십니다. 다만 그게 아무런 소용이 없지 않을까 싶어서 걱정은 됩니다만."

그러더니 나더러 제대로 준비를 하고 있느냐고 심술궂게 물었다. 나는 벌써 두 주일 전부터 영성체 준비를 하고 있다고 말했다.

"두 주일 전부터?"

"그럼요."

그러자 파니 아주머니가 바바라는 언제부터 준비를 해 왔느냐고 물었다. 프리다 고모는 바바라도 두 주일 전부터 준비해 왔다고 말하면서 덧붙였다.

"똑같이 준비를 했다지만, 실제 하는 건 천양지차야. 나는 정말 우리 바바라 때문에 걱정이야. 첫 영성체라고 해서 어찌나 정성을 드리고 경건해졌는지, 몸까지 아주 약해졌다니까. 이 아이가 글쎄 뭐라고 했는지 들어 보세요. 지난 금요일에는 얘가 너무 약해진 것 같기에 고기 수프를 좀 끓였지 뭐예요. 그런데 얘가 통 먹으려고 하질 않는 거예요. 영성체 때문에 그러는 거죠. 그래서 '조금 먹는 건 건강을 위해 그러는 거니까, 하느님께서도 용서해 주실 거야.' 하면서 달랬죠. 그랬더니 글쎄, 우리 바바라가 뭐라고 했는지 아세요? '엄마, 안 돼요. 아무리 조금일지라도 그만큼 하느님을 괴롭히는 것 아니겠어요? 전 안 먹겠어요.' 아, 이러면서 눈물을 글썽이지 않겠어요? 내가 보기에 우리 바바라는 너무 경건하고 착해요. 글쎄, 그게 조금일지라도 하느님을 그만큼 괴롭히는 일이 된다고 하더라니까요, 글쎄."

고모의 수다를 들은 파니 아주머니는 감격한 얼굴로 고개를 끄덕거렸다. 페피 아저씨는 가슴까지 벅차하면서 눈물을 글썽거리더니, 나를 돌아다보며 나무라듯 입을 열었다.

"너도 들었지? 바바라 얘기를……. 정신 차려야 한다. 영성체는 공짜로 받는 것이 아니야."

나는 바바라 이야기를 잘 들었다고 했다. 그러나 바바라의 이야기는 어느 성인의 이야기라 잘 알려져 있는 것이고, 교과서에도 실려 있어서 벌써 읽고 배웠다고 해 주었다.

프리다 고모는 자기 이야기의 실체가 내 말 한마디로 다 드러나자, 몹시 화를 냈다. 그러더니 나는 거짓말만 하는 아이니까 내 말을 믿을 수 없다고 했다. 또 설사 내 말이 사실이라 해도, 자기 딸 바바라는 하느님을 섬기는 마음이 가득하다는 걸 누구나 잘 알고 있으니 전혀 상관이 없다고 했다.

그러면서 다음과 같은 이야기를 했다. 지난밤에는 바바라가 침대 위에 앉아 잠도 자지 않고 울고 있더라는 것이다. 그래서 왜 우느냐고 물었더니, 빵 껍질을 한 조각 먹어서 그것 때문에 그런다고 했다는 것이다.

"그래서 전 물어보았죠. 네가 빵 껍질을 먹으면 먹은 거지, 그게 도대체 네가 우는 것과 무슨 상관이 있느냐고요. 그랬더니 애가 하는 말 좀 들어 보세요. 식사 시간이 지난 다음에 그걸 먹었기 때문에 그건 군것질이라는 거예요. 또 그 빵 껍질이 자기 몫이 아니기 때문에 그것은 하느님을 슬프게 해 드리는 일이란 거예요. 그래서 그렇게 울면서 다시는 하느님을 슬프게 하는 일은 하지 않겠다고 기도를 드리지 뭐예요. 이 아이는 글쎄 이렇다니까요. 그저 속세를 떠난 아이 같기만 해요."

이 이야기도 나는 책에서 본 기억이 있었다. 책에서 읽었을 때도 감동을 받지 못했는데, 프리다 고모의 입에서 그 이야기가 나왔으니 내 마음이 오죽했겠는가.

그러나 나는 또 그 말을 끄집어내면 쓸데없이 여러 말을 주고받게 될 것 같아 잠자코 있었다.

하지만 페피 아저씨 부부는 무척 감동을 받은 모양이었다. 페피 아저씨가 입을 열었다.

"세상에 바바라 같은 아이가 있는가 하면, 남의 바지 주머니에서 돈을 몇 마르크나 훔치고도 전혀 뉘우치지 않는 녀석이 있답니다. 세상 참······."

프리다 고모도 그 얘기를 파니 아주머니에게 들어서 벌써 알고 있었다.

"그게 모두 교육을 잘못한 탓이지 뭐겠어요."

나는 그럼에도 잠자코 참고 듣기만 했다.

그래서 첫 영성체를 하는 날이 왔을 때는 마음이 무척 즐거웠다. 그만큼 참았으면 나도 고행을 할 만큼 한 셈이었다.

어머니는 첫 영성체를 하는 날에 입을 검은 예복과 커다란 초를 보내 주었다. 또 편지에는 참석하지 못해서 섭섭하다는 것, 그러나 새로운 생활을 시작하는 만큼 뜻을 굳게 세워 늘 어머니를 즐겁게 해 달라고 적혀 있었다. 나는 물론 그렇게 하리라고 마음먹었다.

우리 학교에서 첫 영성체를 하는 아이는 모두 열네 명이었다. 학교 수위의 부인은 우리가 모두 훌륭해 보이고, 정말 천사같이 보여서 눈물이 나올 지경이라고 말했다.

우리는 한 줄로 서서 성당으로 갔다. 성당 안에는 시내의 여학교 학생들도 와서 줄지어 앉아 있었다.

바바라도 그 사이에 끼어 있었는데, 흰옷을 입고 고수머리로 지진 머리를 하고 앉아 있었다. 바바라는 제의실로 들어가기 전에 내 곁으로 왔다. 그러고는 내가 아주 착한 사람이 되기를 진심으로 기원하는 기도를 열심히 하겠다고 말했다. 그때는 나도 마음이 아주 순한 상태여서 화를 내지는 않았다.

그날 성당 안에서의 내 모습은 평소와 달랐을 것이다. 나는 영성체하는 데 꽤 오랜 시간이 걸린 것조차도 의식하지 못했으니까……. 나는 앞으로 개구쟁이 짓은 그만두어야겠다고 생각했다. 그리고 이제는 모든 것이 달라져야 한다고 결심했다.

첫 영성체를 한 뒤 밖에서 기다리고 있던 부모들이 자기 아이들에게 키스를 퍼부었다.

나는 파니 아주머니와 페피 아저씨 옆으로 갔다. 그 옆에는 프리다 고모도 서 있었다. 프리다 고모는 나를 보더니, 대뜸 시비조로 나왔다.

"네 초가 제일 굵구나. 너만큼 굵은 초를 가진 애는 아무도 없다. 그 초는 우리 바바라에게 사 준 것보다 두 배 이상 비싸겠다. 네 어머니는 어쩌자고 그리 눈만 높은지……."

그러자 파니 아주머니가 입을 열었다.

"그야 고급 관리하고 결혼했으니 그렇게 될 수밖에 없죠. 하급 관리나 아주 가난한 사람의 과부가 되었어야 분수를 알았을 텐데……."

나는 금방 착한 아이가 되겠다고 결심했지만, 그것이 어렵다는 것을 다시 한 번 깨달았다. 늘 어머니 덕을 보면서도 어머니를 좋지 않게 헐뜯는 이들을 그냥 내버려 둘 수는 없었다. 나로서는 도저히 참을 수 없는 일이었다. 그래서 나는 프리츠와 이야기를 나누었다.

프리츠의 하숙방에서는 길 건너 프리다 고모네 집 안이 훤히 들여다보였다. 창문을 통해 거울이 달린 옷장이 정면으로 보였다.

마침 프리츠는 새총을 가지고 있었다. 물론 그날 저녁 프리다 고모네 유리창과 옷장 거울은 박살이 났다.

흡연실에서

부활절 휴가철이 다가왔다. 나는 집으로 가기 위해서 페피 아저씨네 집을 나섰다. 그때 파니 아주머니가 말했다.

"어쩌면 우리가 너희 어머니를 찾아뵐지도 모르겠다. 그동안 꼭 한번 오라고 간곡히 초대하셨는데 한 번도 가지 못했지 뭐니. 이제 더 이상 어머니를 섭섭하게 해 드리면 안 될 것 같구나."

아주머니는 페피 아저씨는 일이 많아서 갈 수 없을지도 모른다고 말했다. 그러다가 방문을 더 이상 미룰 수 없다는 것을 아저씨도 잘 알고 있었기 때문에, 자기가 가면 페피 아저씨도 함께 가게 될 것이라고 말했다. 그래서 나는 이렇게 대답했다.

"오히려 여름에 오시는 게 좋을 것 같은데요? 지금은 날씨도 춥고 언제 또 눈이 내릴지도 모르잖아요."

"아니야, 그렇지 않아. 우리가 이번에도 찾아뵙지 못하면 아마 너희 어머님이 무척 서운해하실 거야. 우린 벌써 여러 번이나 찾아뵙겠다고 약속을 드렸으니까."

나는 그들이 우리 집에 오려는 이유를 너무나 잘 알고 있었다. 부활절이면 우리 집에서는 햄이며 케이크, 과일 등을 푸짐하게 장만한다. 페피 아저씨는 먹성이 무척 좋아서 이렇게 푸짐한 음식을 맘껏 먹고 싶은 것이다.

페피 아저씨 집에서는 그렇게 많이 먹을 수가 없었다. 앞으로 태어날 아기 생각은 하지도 않느냐고 파니 아주머니가 당장 바가지를 긁어 댔기 때문이다. 그들이 앞으로 태어날 아기를 위해서 여러 가지로 절약하는 것만은 사실이었다.

그들은 나를 버스 정류장까지 데려다 주었다. 페피 아저씨는 나를 데려다 주면서 내내 상냥하게 굴었다. 자기가 우리 집에 가게 되면 나에게도 좋을 것이라는 이야기도 했다. 내 성적 때문에 화가 난 어머니를 진정시킬 수 있을 것이라는 것이었다.

내 성적이 형편없다는 것은 사실이었다. 그러나 그것 때문에 아저씨가 필요하지는 않았다. 아저씨가 오면, 나에게 손해가 되면 됐지 유리할 것은 조금도 없으니까 말이다.

나는 기차로 갈아타면 담배를 피울 생각이었다. 그래서 그들이 버스 정류장까지 배웅해 주는 것이 오히려 귀찮았다. 담배를 살 수 없었기 때문이다.

프리츠는 벌써 버스 안에 앉아서 나를 기다리고 있었다. 내가 담배를 사지 못했다고 했더니, 그는 자기가 넉넉히 가지고 있다면서 걱정하지 말라고 했다. 그것도 모자라면 방앗간이 있는 마을 정거장에서 더 사면 된다고 했다.

버스 안에서는 담배를 피울 수가 없었다. 법원의 수석 판사인 기블 씨가 자기 아들 하인리히와 같이 타고 있었기 때문이다. 우리는 그가 교장 선생의 친구라는 것과 학생들의 잘못을 낱낱이 일러바치는 사람이라는 것을 잘 알고 있었다.

하인리히는 즉시 자기 아버지에게 우리가 누구라고 말했다. 녀석은 자기 아버지 귀에 대고 작은 소리로 속삭였지만, 나는 녀석이 내 이름을 말하는 것을 알아들었다.

"쟤가 우리 반에서 꼴찌예요. 신학 과목도 겨우 낙제점을 면했고요."

수석 판사가 나를 쳐다보았다. 마치 동물원에서 나온 원숭이를 쳐다보는 듯한 눈초리였다. 그는 우리를 그렇게 쭉 훑어보는 것만으로는 만족할 수가 없는 모양이었다. 판사는 우리 옆으로 와서 말했다.

"얘들아, 너희 성적표 좀 보여 주련? 내가 우리 아들 하인리히 성적표하고 좀 비교해 보고 싶구나."

나는 성적표는 가방 속에 들어 있다고 말했다. 그리고 여행 가방은 지금 버스 지붕 위에 올려놓아 성적표를 꺼낼 수 없다고 했다. 그러자 그는 껄껄 웃었다. 그러고는 자기도 그걸 잘 안다고 하면서 좋은 성적표는 언제나 주머니에 넣고 다니는 법이라고 했다. 그러자 버스 안에 있는 사람들이 모두 웃었다. 나와 프리츠는 마을 정거장에 내릴 때까지 화가 나서 미칠 것만 같았다.

남에게 자기 증명서를 내보이는 사람은 전과자들뿐이라고 말해 주지 못한 것이 후회스럽다고 프리츠가 말했다. 나 역시 형사 따위가 아니라면 남에게 그런 무례한 요구는 하지 않는 법이라고 말해 주지 못한 것이 억울했다. 하지만 후회해도 이미 때가 늦지 않았는가.

우리는 방앗간 마을에서 기차를 기다리는 동안 맥주를 마셨다. 그랬더니 기분이 다시 좋아졌다. 우리는 맥주를 퍼마신 뒤 기차에 올랐다.

우리는 차장에게 흡연실이 어디 있는지 묻고 그리로 들어갔다. 그곳에는 벌써 사람들이 자리를 잡고 앉아 있었다.

창가에 앉아 있는 사람은 몸이 어지간히도 뚱뚱했다. 조끼에 늘어뜨린 시곗줄에는 은으로 만든 커다란 말이 매달려 있었다.

그래서 기침을 할 때마다 은으로 만든 말이 그의 배 위에서 춤을 추며 잘그랑거렸다.

다른 자리에는 안경을 낀 조그만 남자가 앉아 있었다. 그는 뚱보를 군수님이라고 불렀다. 그리고 뚱보는 그 조그마한 남자를 선생이라고 불렀다. 그래서 우리는 그 왜소한 남자가 선생이라는 것을 대뜸 알아차렸다. 그가 머리를 깎지 않은 것만 봐도 금방 알 수 있었다.

기차가 출발하자 프리츠는 여송연에 불을 붙였다. 그리고 뚱보를 향해 연기를 길게 내뿜었다. 나도 따라서 그렇게 했다.

내 옆에는 어떤 부인이 앉아 있었다. 그 여자는 몸을 뒤로 멀찍이 젖히면서 나를 째려보았다. 다른 좌석에 앉아 있던 사람들도 일어나서 우리를 넘겨다보았다. 사람들이 놀라는 것을 보니, 우리는 기분이 아주 유쾌했다. 프리츠는 여송연 맛이 아주 기가 막히다면서 몇 갑 더 사야겠다고 떠들었다.

뚱보 사내가 더 이상 참지 못하고 소리쳤다.

"잘한다, 잘해! 새파란 자식들이 꼴좋구나. 싹이 노란 녀석들 같으니라고!"

이번엔 그 작은 선생이 뚱보의 말을 받았다.

"이런 버르장머리 없는 놈들을 보면 신문에 나는 기사가 조금도 이상할 게 없어요. 이런 녀석들이 앞으로 신문에 날 사건을 저지르고 교도소로 직행하는 겁니다. 그 밖에 달리 뭘 할 줄 알겠어요?"

그러나 우리는 그 두 사람의 이야기가 우리와는 아무런 상관이 없는 것처럼 무시했다. 옆자리의 부인은 내가 계속해서 연기를 내뿜자 자꾸만 뒤로 물러앉았다.

초등학교 선생 같은 그 작은 사내가 우리를 너무 힘상궂게 쩨려보는 통에 우리는 더 이상 모르는 척 버티기가 힘들었다. 마침내 프리츠가 그들에게 한마디 하기 시작했다.

"이봐, 루트비히. 자네는 우리 라틴 어 학교 신입생 녀석들이 왜 갈수록 질이 떨어지는지 그 이유를 알고 있나?"

"글쎄, 도대체 왜 그럴까?"

"그 이유는 뻔하다네. 요즘 초등학교 교사들의 질이 워낙 형편없기 때문일세. 갈수록 질이 떨어지는 게 바로 그들이거든."

맥주병을 던지다

 그 말에 그 작은 선생이 헛기침을 했다. 뚱보 군수는 참을 수 없다는 듯 씩씩거렸다.
 "요새는 왜 이런 버르장머리 없는 어린 것들에 대해서 아무 대책도 세우지 않는 겁니까?"
 선생은 한숨을 내쉬었다.
 "엉터리 인도주의 때문에 아무 대책도 세울 수가 없습니다. 머리만 살짝 때려도 처벌을 당하니까요."
 기차 안에 있던 사람들이 모두 나서서 정말 그렇다며 맞장구를 쳐 댔다. 내 옆의 부인은 그런 망나니 같은 놈들은 엎어 놓고 볼기짝을 죽도록 때려 주어야 한다고 떠들었다. 누구든 그렇게 해 준다면 그 못된 망나니들의 부모는 오히려 고맙게 생각해야 한다는 것이었다. 그러자 또 모두들 옳은 말이라며 맞장구를 쳤다.

뒷자리에 앉아 있던 몸집이 큰 남자 하나가 벌떡 일어서더니, 사투리 섞인 굵은 목소리로 소리쳤다.

"어림도 없는 소리 마슈. 세상에 그렇게 이해심 많은 부모가 어디 있겠수."

프리츠는 아무 대꾸도 않고 나를 발로 찼다. 자기처럼 나도 유쾌한 체하고 있으라는 뜻이었다. 프리츠는 주머니에서 파란색 코걸이 안경을 꺼내어 코에 걸치고는 사람들을 쓱 훑어보았다. 그러면서 그는 콧구멍으로 담배 연기를 내뿜었다.

우리는 다음 정거장에 도착해서 맥주 두 병을 더 사서 기분 좋게 나눠 마셨다. 그리고 나서 창밖의 전봇대를 겨냥해 빈 병을 힘껏 내던졌다. 그러자 아까 그 몸집 큰 남자가 버럭 소리를 질렀다.

"이 자식들, 혼 좀 나야겠다!"

그러자 키 작은 선생도 덩달아 소리를 질렀다.

"이 녀석들, 똑바로 하지 못하겠어? 말을 안 들으면 따귀를 후려갈겨 줄 테다!"

그러자 프리츠는 눈 하나 깜짝 않고 대꾸했다.

"그만한 용기가 있으시다면 어디 한 번 해 보시지요. 나도 가

만히 앉아 있지는 않을 테니까."

그 선생은 감히 달려들지 못했다. 그저 분개할 뿐이었다.

"요즘은 애들도 함부로 때릴 수가 없어. 그랬다가는 오히려 때린 쪽이 처벌을 당한다니까."

그러자 몸집 큰 남자가 나섰다.

"가만 계시오. 이 녀석들을 내가 혼쭐내 줄 테니."

그러고 나서 그는 큰 소리로 차장을 불렀다.

"차장! 차장!"

차장은 불이라도 난 줄 알고 허겁지겁 달려왔다. 그리고 무슨 일이라도 생겼느냐고 물었다.

그러자 몸집 큰 남자가 대답했다.

"저 녀석들이 창문 밖으로 맥주병을 내던졌소. 저놈들을 잡아 가두시오."

차장은 무슨 사고라도 난 줄 알고 뛰어왔다가 별것 아니라는 것을 알자, 오히려 부른 사람에게 화풀이를 했다.

"이런 일로 소동을 일으키면 안 됩니다. 차장을 아무 때나 부르는 게 아니오!"

그리고 우리에게는 한결 부드러운 말로 타일렀다.

"학생들도 창밖으로 병 같은 걸 던져서는 안 되지."

나는 기분이 매우 좋아 대꾸했다.

"죄송합니다, 차장님. 빈 병을 어디에 놓아야 할지 몰라서요. 이제 다시는 그런 짓을 하지 않겠습니다."

프리츠는 차장에게 여송연을 한 대 권했다. 그러나 차장은 그렇게 독한 것은 피우지 못한다며 사양하고 가 버렸다.

군수는 자리에 앉아서, 차장이 돼지 같은 프로이센 놈인가 보다고 욕을 했다. 다른 어른들 역시 모두 같은 생각이었는지 다시 투덜대기 시작했다. 초등학교 선생은 여전히 군수를 붙잡고 똑같은 말을 되풀이하고 있었다.

"군수님, 우리 선생들은 정말 엄청난 인내심을 갖지 않으면 안 된답니다. 머리통 좀 때리는 것도 안 되거든요."

술병이 나다

    기차는 계속 달렸다. 우리는 다음 정거장에서도 맥주를 사서 마셨다. 맥주를 자꾸 마시니 몹시 어지러웠다. 눈앞에 있는 사물들이 빙빙 돌기 시작했다. 뱃속도 심상치가 않았다. 구토증이 느껴졌다. 그동안 먹고 마신 것들이 위로 올라오려고 뱃속에서 난리를 쳤다.

    나는 머리를 창문 밖으로 내밀어 보았다. 그렇게 하면 혹시 좀 나아질까 생각한 것이다. 그러나 별 효과가 없었다. 뱃속은 점점 더 부글거렸다. 나는 이를 악물고 정신을 차리려고 했다. 사람들이 날 보고 이기지도 못할 담배를 피우고 맥주를 마셨다고 생각할 것 아닌가. 나는 젖 먹던 힘까지 동원해서 온몸에 힘을 주고 버텼다.

그러나 소용이 없었다. 나는 후다닥 모자를 집어 들고 그 안에 토했다. 내 옆에 앉아 있던 부인이 비명을 지르면서 자리에서 벌떡 일어났다. 그러자 주위에 있던 사람들 모두가 자리에서 일어났다.

"저 꼴 좀 보라고. 내 저럴 줄 알았다니까."

"이제 저놈들 본색이 드러나는군. 저 자식들이 개울에다 코를 박고 죽지 않는지 보고 싶구먼."

"잘 논다. 잘들 놀아."

입 가진 사람들은 모두 한마디씩 했다. 그러나 나는 속이 너무 괴로워서 한마디 대꾸도 하지 못했다. 나중에는 그들이 떠드는 소리가 한마디도 귀에 들어오지 않았다.

'아, 이 고통이, 이 괴로움이 가셔 주기만 한다면 두 번 다시 술 담배 따위는 입에 대지도 않을 텐데……. 어머니 말씀에 순종하고, 어머니를 노엽게 하거나 슬프게 하는 짓거리도 다시는 하지 않을 텐데…….'

나는 이를 악문 채 생각했다. 이토록 괴롭지 않으면 얼마나 좋을까.

모자 속에 토해 낸 것을 담고 있기보다는 주머니 속에 좋은 성적표를 넣어 가고 있다면 얼마나 좋을까.

프리츠는 내가 순대를 먹고 체한 것 같다고 말했다. 그러면서 내가 평소에는 술 담배를 잘하는 사람이라고 우겼다. 하지만 나는 프리츠의 거짓말이 못마땅했다. 극심한 고통이 갑자기 나를 정직한 아들로 만들어 준 것인지, 프리츠의 거짓말이 싫어진 것이다.

나는 하느님이 지금 나를 낫게 해 주신다면 다시는 죄를 짓지 않겠다고 마음속으로 맹세했다. 그러나 옆에 앉은 부인은 나의 이런 마음을 전혀 알 턱이 없었다. 그렇기에 도대체 언제까지 이 냄새를 참아야 하느냐고 계속 소리를 질러 댔다.

그러자 프리츠가 내 손에서 모자를 낚아채 기차 창문 밖으로 내밀어 털어 버렸다. 그러나 토해 낸 내용물이 바람에 날려 대부분 창틀에 붙어 흘러내렸다.

기차가 다음 정거장에 도착하자, 기차의 화물 담당 직원이 올라와서 소리를 질렀다.

"이런 빌어먹을! 도대체 어떤 자식이 저렇게 지저분하게 만들어 놨어? 이봐, 차장! 기차가 무슨 돼지우리야?"

차장이 곧 달려와서 더러워진 창틀 근처를 살폈다.

"누가 이렇게 쏟아 놓았소?"

"아까 맥주병을 내던졌던 그 어르신네들이지. 당신이 그렇게 하라고 허락해 주지 않았소? 바로 그 양반들이 이렇게 만들었단 말이오."

군수가 소리쳤다. 그러자 화물 담당 직원이 물었다.

"맥주병은 또 뭐요? 그게 어떻게 됐다는 거요?"

"맥주병이 맥주병이지 뭐긴 뭐겠소? 빈 맥주병이지."

군수가 대꾸했다.

"내가 맥주병을 내던지라고 허락했다고? 그렇게 말하는 걸 보니, 당신은 정말 비열한 사람이군!"

이번에는 차장이 뚱보 군수를 향해 소리쳤다. 그러자 뚱보 군수도 지지 않고 차장에게 대들었다.

"내가 뭐 어떻다고?"

"당신은 비열한 거짓말쟁이란 말이야! 나는 그렇게 하라고 허락한 적이 없단 말이오!"

화물 담당 직원이 둘을 그대로 두어서는 안 되겠다고 생각했는지, 사이에 끼어들어 중재에 나섰다.

"자, 그렇게 고함칠 필요 없습니다."

그러나 차 안에 있던 사람들이 모두 와글와글 떠들면서 나섰다. 프리츠와 내가 형편없는 개망나니라는 것이었다.

"저 녀석들을 잡아 가두어야 해요. 본때를 보여야 한다고요."

"맞습니다. 감옥에 집어넣어야 합니다."

가장 큰 소리로 고함을 친 사람은 초등학교 선생이었다. 그는 자기가 교육자라고 몇 번씩이나 되풀이해서 말했다. 나는 속이 너무나 불편해서 아무 말도 할 수가 없었다. 그러자 프리츠가 나를 대신해서 화물 담당 직원에게 말했다.

"기차역에서 상한 순대를 사 먹고 탈이 났다면, 그건 상한 순대를 먹은 사람 잘못입니까 아니면 그걸 판 사람 잘못입니까? 어느 쪽이 감옥에 가야 하는 겁니까?"

화물 담당 직원은 아무도 구속당하지 않는다고 말했다. 그러나 창틀을 청소해야 하기 때문에 어쩔 수 없이 1마르크는 내놓아야 한다고 말했다.

우리는 1마르크를 화물 담당 직원에게 주었다. 창틀은 이내 깨끗하게 치워졌다. 기차는 다시 출발했다. 나는 바람을 쐬기 위해 머리를 창문 밖으로 내놓았다.

프리츠가 엔돌프에서 내렸고, 얼마쯤 더 가서 기차는 내 고향역에 도착했다. 어머니와 누나가 역까지 마중 나와 나를 기다리고 있었다. 나는 그때까지도 몸이 좋지 않았다. 머리도 계속 아팠다.

다행스럽게도 밤이라서 창백한 얼굴을 보이지 않을 수 있었다. 하지만 나에게 키스를 해 주던 어머니가 당장 물었다.

"아니, 이게 무슨 냄새냐, 루트비히?"

안나 누나도 옆에서 물었다.

"루트비히, 너 모자는 어쨌니?"

나는 오늘 있었던 일을 사실대로 말하면 어머니가 슬퍼할 것이라는 생각이 들어, 방앗간 마을에서 상한 순대를 먹고 혼이 났다고 말했다. 그러면서 뜨거운 차를 좀 마시면 좋겠다고 했다.

집에 도착하니 식당에 불이 밝혀져 있었고, 식사 준비가 되어 있었다. 우리 집 가정부인 테레즈 할멈이 달려 나와 나를 보더니 소리를 질렀다.

"하느님 맙소사, 우리 도련님 얼굴이 저게 뭐람! 두 분이 우리 도련님을 너무 공부만 시켜서 저렇게 가엾게 됐지 뭐예요!"

어머니는 내가 좋지 못한 것을 먹어 그렇다면서, 빨리 차를 끓여 오라고 말했다. 테레즈는 부엌으로 허둥지둥 달려갔다. 그리고 나는 안락의자에 편안하게 앉았다.

우리 집 개는 나에게 계속 뛰어오르면서 혀로 핥으려고 했다. 내가 돌아온 것을 모두 기뻐하는 것 같았다. 나는 마음이 아주 부드러워졌다.

어머니가 그동안 착실히 지냈느냐고 물었다. 나는 늘 착실하게 지냈다고 대답했다. 이렇게 대답하면서, 나는 앞으로는 정말 착실해져야겠다고 마음먹었다.

나는 상한 순대를 먹었을 때 그 자리에서 죽는 줄 알았는데, 사람들이 그런 것 때문에 죽지는 않는다고 위로해 주더라고 거짓말을 했다. 그리고 나는 그때, 이제부터는 아주 딴사람이 되어 어머니가 기뻐할 일이라면 무슨 일이든지 다하기로 마음먹었다고 말했다. 앞으로 공부도 열심히 하고, 벌을 받았다는 소식 따위는 두 번 다시 집에 전해지지 않도록 하여, 식구들이 나를 모두 자랑스럽게 여길 수 있도록 하기로 결심했다고 말했다.

안나 누나가 그러는 나를 가만히 들여다보더니 말했다.

"너, 가만히 보니 성적이 형편없는 모양이구나. 그렇지 않니?"

누나가 또다시 날 붙잡고 꼬치꼬치 심문하려는 것을 어머니가 막아 주었다.

"안나야, 그런 얘긴 꺼내지 마라. 루트비히는 몸도 불편하고, 이미 새 사람이 되려고 결심하고 있지 않니. 우린 그것만으로도 기뻐할 수 있단다."

나는 이 말을 듣고 그만 울지 않을 수 없었다. 테레즈 할멈도 내가 거의 죽을상이 되어 그런 말을 하는 것을 듣고는, 집이 떠나가라 크게 울면서 소리를 질렀다.

"도련님이 너무 공부를 많이 해서 그래요! 두 분이 우리 도련님을 아주 엉망으로 만들어 버린 거라고요!"

할멈이 울음을 그치지 않아, 할 수 없이 어머니가 할멈을 달래야 했다. 나는 잠자리에 들었다. 잠자리에 누우니 이루 말할 수 없이 편안했다. 어머니는 내 방의 불을 꺼 주시면서 어서 몸이 낫기를 빌어 주었다.

나는 오랫동안 잠을 이루지 못했다. 자리에 가만히 누워서 어떻게 하면 새 사람이 될 수 있을까를 곰곰이 생각했다.

프리다 고모

 집에서 방학을 보내고 있던 어느 날이었다. 어머니가 심각한 표정으로 우리에게 다가왔다. 어머니의 얼굴은, 내가 어디서 못된 짓을 저질렀다는 얘기를 들었을 때와 같은 표정이었다. 그러나 나는 요즘 들어 특별히 문제가 될 만한 일을 저지른 것이 없었다.

 그런데도 어머니의 그런 얼굴을 대하자, 나도 모르게 가슴이 철렁했다. 그러나 이번은 나 때문이 아니었다. 바로 프리다 고모 때문이었다.

 "얘들아, 큰일 났구나. 프리다 고모가 내일모레 우리 집에 온다고 연락을 해 왔다."

안나도 그 소식을 듣자 얼굴빛이 싹 변했다.

"그 고모가 오시게 되면, 이제 우리 집안엔 되는 일이 하나도 없을 거야. 판사님도 그 고모한테서 싫은 소리를 듣고 나면, 우리 집에 발을 끊고 말 거야. 도대체 엄마는 왜 그 고모를 오라고 하셨어요?"

"내가 오라고 하지는 않았다. 자기가 오겠다고 하고, 자기 발로 오는 거지. 지금까지 다른 친척들을 초대한 적은 있어도, 그 고모는 단 한 번도 오라고 한 적이 없었어. 언제나 자기 마음대로 오곤 하지."

나는 그 말을 듣고, 그렇다면 내가 고모를 쫓아내 주겠다고 말했다. 그러자 어머니가 이렇게 말했다.

"루트비히, 아무리 그래도 그렇게 버릇없이 굴면 안 된다. 어쨌든 그분은 돌아가신 네 아버지의 동생 아니냐? 그리고 너는 아직 집안일에 나설 나이가 아니란다."

"그렇지만 상대가 프리다 고모라면 얘기가 다르지 않아요? 세상에서 그 고모를 좋다고 하는 사람은 아마 하나도 없을 거예요."

내가 말했다. 안나 누나도 이번에는 나의 말에 찬성했다. 누나는 프리다 고모가 싫기도 했지만, 이번에는 더욱 그럴 만한 이유가 있었다. 그래서 나는 누나가 나보다 더 적극적으로 나서

게 하려고 이 문제를 지적했다.

"프리다 고모는 아마 얼씨구나 하고 그 총각 판사를 헐뜯을 거야. 그래서 총각 판사와 누나 사이를 싹 갈라놓으려고 하겠지. 그렇게 되면 아마 고모는 너무나 좋아서 신바람이 날걸. 그것만으로도 우리 집에 온 보람을 느낄 거야. 고모는 판사를 보면 대뜸 눈이 왜 그러느냐는 둥, 사팔뜨기라는 둥 그런 말을 꺼낼 게 분명해. 그 사람이 기분 나빠할 말부터 꺼내 놓을 거라는 얘기지."

그러자 누나가 나에게 소리쳤다.

"그 사람은 전혀 사팔뜨기가 아니야. 이 뻔뻔스러운 망나니 녀석아! 너는 내가 그 사람하고 결혼하고 싶어 한다고 동네방네 떠들고 다녔지? 그래서 사람들이 여기저기서 나를 보면 수군거리고 있어. 난 몰라. 난 도저히 참을 수 없어. 집을 나가 어디 취직이라도 하고 말 테야."

그러더니 누나는 엉엉 울었다.

"안나야, 울지 마. 하느님의 도움으로 모든 게 다 잘될 거다. 고모는 그저 잠깐 다녀가시는 건지도 몰라."

어머니가 누나를 달랬다.

그렇게 고모 이야기를 주고받은 게 월요일이었다. 그리고 수요일에 드디어 고모가 왔다. 우리 세 식구는 역까지 고모를 마중 나갔다. 어머니는 그때까지도 얼굴을 찌푸리고 있는 누나에게 이렇게 말했다.

"안나야, 제발 겉으로라도 좀 반가운 얼굴을 하고 있어라. 그런 얼굴로 있다간 필경 오늘 중에 싸움이 한판 벌어질 것 같구나."

기차가 플랫폼으로 들어왔다. 기차가 멈춰 서자 프리다 고모가 맨 먼저 내리면서 소리쳤다.

"어머나! 온 식구가 다 마중을 나와 주었네. 참 반가워요. 나 좀 거들어 주겠니? 내 짐을 좀 내려야겠구나."

고모는 기차 안을 들여다보면서, 거기 서 있는 어떤 사람에게 그 상자가 자기 것이라고 손짓을 했다. 또 좌석 밑에 있는 트렁크와 그 위의 손가방, 그 뒤에 있는 앵무새 새장도 자기 거라면서, 그걸 좀 꺼내 달라고 큰 소리로 말했다. 그 사람은 물건들을 아무 소리 없이 모두 밖으로 내주었다.

고모는 그것들을 받아서 모두 내게 떠안겼다. 나는 트렁크가 너무 무거워서 들고 갈 수 없다고 말했다. 그랬더니 고모는 이렇게 말했다.

"안나가 거들어 주면 되지 않니? 젊고 튼튼한 것들이 그런 것도 들지 못한다면 말이 안 돼. 앵무새 로르는 내가 들고 갈게."

그러고 나서 프리다 고모는 어머니에게 입맞춤을 하더니 큰 소리로 말했다.

"언니가 건강한 걸 보니 반가워요. 언니 심장병 때문에 나는 늘 걱정이었어요. 그런데 막상 이렇게 보니까 내가 공연한 걱정을 했나 봐요. 아주 씨름꾼처럼 튼튼해 보이는데요. 언니, 안 그래요? 아이고, 죽겠다. 얘들아, 제발 이 새장 가까이에는 오지 마라. 우리 로르가 워낙 낯을 가려서 말이야. 낯선 사람이 오는 건 아주 질색이란다."

어머니는 내가 받아서 내려놓은 커다란 트렁크를 보더니, 역의 일꾼을 시켜서 운반하는 게 좋겠다고 말했다. 그러나 프리다 고모는 금방 반대했다.

"아니에요. 언니가 괜한 돈을 쓰시게 할 수는 없어요. 아이들이 잘 나를 수 있는데, 왜 아깝게 돈을 버려요."

안나 누나가 들어 보려고 했지만, 그 트렁크는 너무 무거워서 도저히 운반할 수가 없었다. 그때 역의 일꾼 알로이스가 와서 트렁크를 짊어졌다. 그러자 프리다 고모는 우리더러 돈을 너무나 헤프게 쓴다고 나무랐다. 그리고 안나가 그렇게 약할 줄은 미처 몰랐다고 혀를 끌끌 찼다. 겉보기만 멀쩡하지 어렸을 때부터 골골하더니 커서도 이렇게 약질이라는 것이었다. 그러고는 아무래도 어머니에게서 심장병을 물려받은 게 아니냐고 떠들었다.

"난 사실 언니가 앞으로 얼마나 더 살 수 있을지 그게 걱정이에요. 언니도 허우대만 좋지, 속은 다 망가진 거나 마찬가지 아닌가요?"

그러자 어머니가 대꾸했다.

"고모도 그런 걱정일랑 마세요. 나는 아주 건강해요. 의사가 진찰했는데, 아무런 병도 없다고 그랬어요."

"어머나, 그따위 의사들 말은 믿지도 마요. 의사들은 우리 영감이 죽을 때까지도 아무 탈이 없다고 그랬다고요. 언니도 이제 다 사신 것이나 마찬가지예요. 유령이 걸어 다니는 거랑 뭐가 다르겠어요."

우리는 집으로 돌아왔다. 오는 도중에 안나 누나가 내 귀에 입을 대고 소곤거렸다.

"야, 아직은 좀 더 내버려 두자. 아무래도 고모가 방학 내내 우리 집에 머물러 있을 모양이다. 두고 봐."

"설마 그러기야 하겠어? 곧 떠나겠지."

"아이고, 속 모르는 소리 마라."

"곧 떠나지 않는다면 다른 방도를 찾아야지, 뭐."

"어떻게?"

"어떻게든지."

누나는 내 얼굴을 들여다보며 믿음직스럽다는 듯이 웃었다.

보통 때는 내 얼굴만 보면 얼굴을 찌푸리던 누나였는데…….

"루트비히, 난 너만 믿는다."

"좋아."

"그래, 어떻게 할 거니?"

"지금은 나도 알 수 없어. 앵무새한테 침이나 자꾸 뱉어 줄까? 아니면 그 자식 털을 다 뽑아서 아주 벌거숭이를 만들어 주든지. 하지만 정작 일을 벌이기 전에는 뭘 할 건지 나도 잘 몰라. 하여튼 고모를 최고로 약 올리는 방법을 연구해 봐야지."

"고모가 빨리 떠날 수 있게 무슨 수든 써 다오. 만약 성공하면 내가 너한테 2마르크 줄게."

누나는 여전히 귓속말로 말했다.

"그거 좋지. 그런데 우선 선금을 1마르크 정도 주면 좋겠어. 아무래도 비용이 좀 들 것 같으니 말이야."

누나는 집에 도착하는 대로 선금으로 1마르크를 주겠다고 약속했다. 그러는 사이에 우리는 집에 도착했다. 빨리 걷지 못하는 어머니는 프리다 고모와 함께 뒤에서 천천히 걸어오고 있었다. 프리다 고모는 현관에 척 들어서자마자 또 소리를 지르기 시작했다.

"아이고, 결국 내가 여길 또 왔구나! 지난번에 떠날 때 다시는 이 집에 발도 들여놓지 않겠다고 했는데……. 그러고 보면 난 너무 마음이 약해서 탈이야. 그런데 이게 웬일이냐? 웬일로 집 안이 이렇게 호사스럽지? 아이고머니나, 세상에! 언니, 마루에다 양탄자를 새로 깔았구려!"

어머니는 겨울이면 바닥이 너무 차서 식구들 건강을 위해 양탄자를 깔았다고 말했다.

"저걸 깔려면 적어도 1미터에 4마르크는 들지. 1마르크 50페니히만 주어도 좋은 것을 살 수 있는데, 아무튼 언니는 도무지 돈 아까운 줄을 몰라요. 저 비싼 걸 온 마루에 다 깔다니! 난 가슴이 다 덜컥 내려앉는 것 같아요. 언니가 무슨 돈이 그렇게 많아서, 저렇게까지……!"

프리다 고모의 듣기 싫은 소리는 끝이 없었다. 어머니는 안나나 내가 뭐라고 말대꾸를 해서 싸움이라도 벌어질까 봐, 고모를 얼른 손님방으로 안내했다.

나는 고모의 짐을 그리로 들고 들어갔다.

앵무새 로르

 고모는 새장을 책상 위에 올려놓았다. 그리고 앵무새를 보면서 말했다.

"자, 이젠 다 왔단다. 이 집은 비싼 코크스 양탄자를 마루에 쫙 깔 만큼 부자란다. 그러니까 우리가 지내도 괜찮을 거다."

 그러더니 입술을 뾰족하게 만들어서 새장 창살 사이로 밀어 넣으며 이렇게 말하는 것이었다.

"자, 우리 예쁜 로르. 엄마하고 뽀뽀해야지?"

 앵무새는 횃대 위에서 고모 입술 쪽으로 아장아장 걸어왔다. 그러더니 부리로 고모의 입술을 콕콕 찍었다. 나는 그 꼴을 지켜보다가 내가 어떻게 할 것인지 마음의 결정을 내렸다.

만약 프리다 고모가 사과 상자나 하다못해 값싼 선물용 과자 상자라도 하나 들고 왔다면, 나도 생각이 달라졌을 것이다. 최소한 다음에 할, 그런 짓을 즉각 실행할 생각은 하지 않았을 것이라는 말이다.

그러나 고맙게도 프리다 고모는 그러지 않았다. 지금까지 한 번도 그런 적이 없었다. 늘 맨손으로 와서는 우리 집 식구들 신경을 온통 건드리면서 못 살게 굴었던 것이다.

게다가 나는 앵무새란 놈이 딱 보기 싫었다. 그 커다란 부리며, 요란스러운 소리가 딱 질색이었다.

나는 앵무새의 털을 두어 개 잡아 뽑으면 어떻게 될까, 또 새장 안에 화약을 넣고 터뜨리면 놈이 어떻게 될까를 생각해 봤다.

프리다 고모는 내가 뒤에서 무슨 생각을 하고 있는지를 눈치 챘는지, 나를 돌아다보면서 말했다.

"이 개구쟁이 녀석아, 우리 로르에게는 제발 좀 얌전하게 대해 다오."

그래서 그렇게 하겠다고 말하면서 새장 앞으로 걸어가 입술을 새장 틈에 갖다 댔다. 그러면서 고모처럼 앵무새를 꼬드겨 보았다.

"자, 우리 로르. 나하고 뽀뽀 한번 해야지?"

그러나 앵무새는 얼른 뒷걸음질로 달아나더니 한쪽 발을 번쩍 치켜들었다. 그리고 두 눈을 치켜떴다. 마치 내가 머지않아 화약을 그 안에 집어넣으리라는 것을 이미 알고 있다는 듯이.

"얘, 얘, 넌 어서 저리 비켜라. 네 악마 같은 얼굴 때문에 우리 로르가 기절할지도 모르겠다."

나는 킬킬 웃으면서 내 방으로 갔다. 고모는 어머니가 앉아 있는 거실로 나갔다.

나는 이때다 하고 얼른 고모 방으로 들어갔다. 그러고는 주전자에서 물을 따라 한입 머금었다. 그리고 새장 앞으로 갔다. 앵무새는 또다시 뒤로 멀찍이 물러났다. 그러나 그래 보았자 새장 안이었다. 나는 놈에게 물을 뿜어 흠뻑 적셔 주었다. 앵무새는 머리를 흔들며 날개만 푸득거릴 뿐 아무 소리도 지르지 못했다.

그리고 나서 나는 재빨리 거실로 건너갔다. 어머니는 고모에게 먹을 것을 갖다 준 다음, 요즘 지내기가 어떠냐며 이야기를 건네고 있었다.

"그저 죽지 못해 사는 거지, 어떻게 지내겠어요?"

고모는 돈도 없고 연금 수당도 얼마 되지 않아 절약하지 않으면 입에 풀칠하기도 힘들다고 말했다. 고모부 요제프가 살아 있을 때 저축을 좀 해 두었어야 했는데 그러지 못했다는 것이었다. 요제프 고모부는 수입도 적으면서 그 돈으로 담배를 사 피우고 일주일에 두 번씩이나 술집에 드나들어 한 푼도 저축하지 못했다는 것이었다.

"사정이 이러면, 친정이라도 넉넉해서 도움을 받아야 되는 것 아니에요? 그런데 우리 집 돈은 쟤들 아버지가 공부한답시고 모두 날려 버렸잖아요. 그러니 뭐 기댈 데가 있나요?"

이 말에 어머니는 펄쩍 뛰었다.

"아니, 우리 애들 아버지가 공부하느라고 돈을 다 썼다니요?"

"그럼 다 썼지요. 우리 집의 그 많던 재산을 다 날린 게 우리 오라버니지 누구겠어요."

어머니는 아버지가 공부하느라 집에서 돈을 가져다 쓴 것은 한 푼도 없었다고 말했다.

"아니, 우리 오라버니 총각 때 일을 언니가 어떻게 그리 잘 아신다고 그러세요?"

"그이가 자기 공부하던 때 이야기를 가끔 했으니까 잘 알지요. 그이는 라틴 어 학교에 들어갈 때부터 장학생이었어요. 그리고 나머지 학비와 하숙비는 가정 교사를 하면서 벌었어요. 대학에서도 그랬고요. 대학에 다닐 때는 어떤 남작을 가르쳤다는 얘기도 했어요."

"흥, 오라버니가 꽤나 허튼소리를 했나 보군요. 집에서 학비를 한 푼도 가져다 쓰지 않았다고요?"

"그래요. 오히려 가정 교사 노릇을 해서 집에다 매달 얼마씩을 보냈다고 그랬어요."

"흥, 말 같지도 않은 소리예요! 오라버니도 어쩌면 말도 안 되는 그런 거짓말을 언니한테 뺑뺑했을까."

프리다 고모는 음식을 입에다 꾸역꾸역 넣으면서 사이사이에 대꾸를 하곤 했다.

어머니는 화가 나서 얼굴이 새빨개졌다. 고모가 아버지 이야기를 그런 식으로 해 대는 것이 너무나 불쾌했던 것이다.

"고모, 돌아가신 분을 그렇게 헐뜯는 게 아니에요! 그이는 평생 거짓말이나 허튼소리를 한 번도 한 적이 없다고요!"

프리다 고모는 순대를 씹느라고 한참 동안 가만히 있었다. 그러나 음식을 목구멍으로 넘기자마자 코를 한 번 쓱 비비고 나더니 또다시 험담을 시작했다.

"좋아요. 그건 그렇다고 칩시다, 언니. 오라버니가 가정 교사를 하면서 대학까지 다녔다고 합시다. 그렇다면 그 많던 우리 집 재산은 다 어디로 간 걸까요? 그건 언니보다 내가 훨씬 잘 알아요. 언니는 그때 우리 오라버닐 알지도 못했으니까요. 하지만 나는 그 양반 동기간이잖아요. 누가 더 잘 알겠어요? 우리 여자 자매 셋은 오라버니 뒤치다꺼리를 하느라고 재산 한 푼 나누어 받지 못했다고요!"

돌아가신 아버지를 헐뜯다니

"세상에! 고모도……, 그렇게 말씀하시는 게 아니에요. 고모네들 시집갈 때 집을 한 채씩 사고도 남을 만큼 지참금을 가지고 간 건 왜 생각하지 않아요?"

"집을 한 채 사고도 남을 지참금이라고요? 아이고 맙소사! 아이고 하느님! 너무나 어처구니가 없어서 말도 나오지 않는군. 내가 그렇게 많은 지참금을 가진 처녀였다면, 왜 그때 판사 시보로 있던 뢰머 씨와 결혼하지 못했겠어요? 그 양반은 지금 안스바하 시에서 참사관을 지내고 있다고요. 정말 남부러울 것 하나 없이 떵떵거리며 잘살고 있어요. 집 한 채 값은커녕 나한테 재산이 요만큼만 있었어도 그 사람은 나하고 결혼했을 거예요. 그런데 그 결과가 뭐였죠? 내가 그 사람하고 결혼을 했나요? 겨우 우체국 화물 담당 직원하고 결혼했지 않아요?"

"세상에 어쩌면! 그래, 고모는 죽은 자기 남편을 그런 식으로 말할 수 있어요? 아무리 그래도 그 사람과 행복하게 살았잖아요?"

"내가 지금 죽은 남편한테 뭐라고 그러는 건 아니에요. 그저 우리 형제들이 우리 집 재산을 그렇게 모두 써 버리지만 않았다면, 난 지금 참사관 부인이 되었을지도 모른다는 얘기라고요."

나는 프리다 고모가 그런 식으로 우리 아버지 험담을 마구 해 대자 몹시 화가 치밀었다. 그래서 당장 앵무새 새장에다 불꽃놀이를 하든지, 물이라도 한 바가지 더 부어 줘야겠다고 생각했다.

그러나 그때 어머니가 밖으로 나갔기 때문에 기회가 좋지 않았다. 어머니가 자리를 뜨자, 프리다 고모도 자리에서 일어나 방 안을 구석구석 살피기 시작했다.

벽에 걸린 사슴 트로피 밑에는 아버지의 대학 시절 사진이 걸려 있었다. 아버지는 대학 교모를 쓰고 허리에 칼을 차고 가죽 장화를 신고 있었다. 어머니가 아버지를 처음 보았을 때의 모습이 바로 그 사진과 같았다고 했다. 사진 속 아버지는 카니발 행사에서 횃불 행진을 하고 있었다.

프리다 고모는 그 사진을 보더니, 또 입을 삐쭉거리기 시작했다.

"이것 봐라, 루트비히야! 저게 너희 아버지란다. 저 사진만 보아도 너희 아버지가 대학생 때 돈을 얼마나 함부로 쓰고 다녔는지 알 수 있지 않니?"

나는 속으로 다시 한 번 복수를 다짐했다. 그때 프리다 고모는 아버지 사진 밑 벽난로 선반 위에 놓여 있는 사진을 발견했다. 요즘 안나 누나와 친하게 지내는 총각 판사 슈타인의 사진이었다.

고모는 저 사람이 누구냐고 물었다. 나는 우리 집에 자주 놀러 오는 총각 판사라고 말했다.

"너희 집에 자주 놀러 오는 총각 판사라고?"

그러면서 고모는 한참 동안 눈을 깜박거렸다.

"그 사람이 너희 집에 왜 자주 오는 거니?"

"커피도 마시고 뭐 그러려고 오는 거죠. 우리 엄마랑 아주 친해요."

그러자 프리다 고모는 알겠다는 듯이 심술궂은 표정으로 고개를 끄덕였다.

"그래?"

고모는 사진을 집어 들고 자세히 들여다보았다. 그러더니 고개를 설레설레 내저었다. 젊은 사람이 벌써부터 머리가 너무 많이 벗겨졌고, 엄청난 사팔뜨기에다 술꾼처럼 살이 쪘다며 흉을 보는 것이었다.

"원, 세상에⋯⋯. 젊은 사람치고 이렇게 볼품없는 사람도 드물겠다. 안 그러냐?"

나 역시 슈타인이 별로 마음에 들지는 않았다. 그 작자가 무척 힘이 세게 생기고 덩치가 큰 데다가, 나더러 누나에게 착하게 굴지 않으면 개울에 던져 버리겠다며 으르렁거렸기 때문이다. 그 작자 생긴 것을 보면 능히 그러고도 남을 위인 같았다.

그래서 나는 가끔 누나 앞에서 그의 사팔뜨기 눈을 흉내 내곤 했다. 그러면 누나는 내게 악을 쓰곤 했다. 하지만 프리다 고모가 이렇게 그 작자를 헐뜯는 것을 들으니 별로 기분이 좋지 않았다.

나는 부엌으로 가서 어머니와 누나에게 고모가 그렇게 말했다는 것을 알려 주고 싶었다. 그러나 그랬다간 둘이서 소리소리 지르고 눈물을 뿌리게 될 것이 뻔했다. 그래서 나는 그렇게 하지 않았다. 저녁 식사 시간을 일부러 망칠 필요는 없지 않은가.

잠시 뒤 어머니가 다시 방으로 들어왔다. 어머니는 고모의 손을 잡으면서 화해를 청했다.

"아까는 내가 화를 내서 미안해요. 다 내 잘못이니 이제 그만두자고요."

프리다 고모는 또 코를 비볐다. 프리다 고모가 코를 비빈 다음, 그 아래쪽에 붙은 입에서 나오는 이야기는 언제나 향기롭지 못한 것들뿐이었다.

아니나 다를까, 자기는 사실을 사실대로 말한 것뿐이라고 우겼다. 그러면서 우리 아버지야말로 누이동생들을 시집도 제대로 가지 못하게 만든, 비난받아 마땅한 인물이라고 말했다.

어머니가 먼저 화해하자고 말을 꺼냈는데도 다시 그런 험담을 들고 나오는 것은 정말이지 비열하기 짝이 없는 짓이었다. 그래서 나는 더 기다리지 않기로 했다. 나는 곧장 거실에서 나왔다.

"루트비히야, 곧 식사를 할 텐데 어딜 가는 거니?"

어머니가 등 뒤에서 큰 소리로 물었다.

"불규칙 동사 변화를 얼른 좀 들여다봐야겠어요. 배웠던 게 있는데, 딱 하나가 생각나지 않아서 그래요."

그러자 어머니는 즐거운 듯 미소를 지으며 좋아했다.

"그래야지, 식사를 뒤로 미루면 미뤘지 공부는 뒤로 미루는 게 아니야. 어서 가서 공부해라. 너 올 때까지 우리도 식사하지 않고 기다릴 테니까."

"아니에요, 금방 끝나요."

나는 일부러 요란하게 발소리를 내며 내 방으로 가서 크게 소리가 나도록 방문을 열었다 닫았다. 그러고는 발끝으로 가만가만 걸어서 고모의 방으로 들어갔다.

거실에서는, 내가 정말 정신을 차렸는지 요즘 제법 공부를 열심히 한다는 어머니의 말소리가 들려왔다.

앵무새, 이놈!

새장 안 횃대에 올라앉아 있던 앵무새가 나를 보더니 부리나케 뛰어내려 한 구석으로 가 몸을 사렸다.

나는 주전자를 들고 가서 새의 머리통에다 물을 부었다. 앵무새는 놀랄 만큼 큰 소리로 휙, 휙 하는 소리를 냈다. 마치 내가 손가락 두 개를 입에 넣고 휘파람을 불 때와 비슷한 소리였다.

그러더니 앵무새가 소리쳤다.

"프리다!"

나는 그 순간 잽싸게 내 방으로 들어갔다. 그리고 책상 앞에 앉아 책을 펴 들었다.

그때 앵무새가 다시 한 번 비명을 지르는 소리가 울렸고, 이

어서 거실 문이 벌컥 열리는 소리가 들렸다. 그러더니 고모가 급히 달려가면서 소리 높여 외쳐 댔다.

"아이고머니나! 도대체 우리 로르가 왜 나를 부를까?"

그리고 한참 동안 조용했다. 그러나 이어서 프리다 고모의 고함치는 소리가 들려왔다.

"어머나, 세상에! 이게 무슨 몹쓸 짓이야, 이 가엾은 새를!"

프리다 고모는 큰 소리로 어머니를 부르더니, 로르가 흠뻑 젖은 꼴 좀 보라고 소리쳤다. 그러면서 아무짝에도 쓸 데가 없는 개망나니 말고는 이런 짓을 할 위인이 없다고 고래고래 소리쳤다. 그것은 물론 나를 가리키는 것이었다.

어머니가 내 방 앞으로 오더니 문을 열고 나를 들여다보았다. 나는 정말 불규칙 동사를 외우는 것처럼 혼자서 입속으로 뭔가를 중얼거렸다.

어머니는 그런 나를 보시더니 혹시나 해서 물었다.

"루트비히야, 네가 앵무새에게 물을 끼얹어서 흠뻑 젖게 만들었니?"

나는 공부에 정신이 팔린 체하면서 고개를 건성으로 들어 보였다. 물론 어머니가 지금 무슨 소리를 하는 건지 모르겠다는 표정으로…….

"무슨 앵무새 말이에요?"

"고모가 갖고 온 앵무새 말이다."

"그게 도대체 어떻게 됐는데요?"

"갑자기 물벼락을 맞아 흠뻑 젖었어. 그래서 혹시 네가 그러지 않았나 해서 지금 물어보는 거야."

나는 그 말에 몹시 기분이 상한 체하며 이렇게 대꾸했다.

"도대체 왜 사람들은 무슨 일만 생겼다 하면 모두 다 제가 했다고 그러는 거예요? 전 지금까지 제 방에서 불규칙 동사를 공부하고 있었어요. 이제 간신히 외웠단 말이에요. 그런데 그런 내가 어떻게 동시에 그 방에 가서 앵무새에게 물을 끼얹을 수 있겠어요?"

그러나 어머니 뒤에 서 있던 프리다 고모는 내 말에 귀도 기울이지 않았다. 그러면서 소리소리 질러 댔다.

"네가 아니면, 그래 누구란 말이냐! 누가 그랬단 말이야?"

"글쎄요, 제가 그걸 어떻게 알아요? 아마 이 근처에 사는 다른 개구쟁이들이겠지요. 요즘 그 녀석들 한창 물총 장난을 하고 다니거든요. 아주 멀리까지 물을 쏠 수가 있어요."

"그렇다면 어디 같이 가 보자! 가서 조사를 해 보잔 말이다!"

프리다 고모는 악을 썼다. 그래서 나는 프리다 고모 방으로 함께 들어갔다.

내가 방 안으로 들어서자, 앵무새는 금방 머리를 날개 밑에

처박으며 꽥꽥 소리를 질러 댔다. 그러면서 나를 겁먹은 눈초리로 두리번두리번 쳐다봤다.

"자, 저것 좀 봐요, 언니! 이 녀석이 여기 왔던 거지 뭐예요. 그렇지 않으면 우리 로르가 이 녀석을 보고 저렇게 겁을 내겠어요? 우리 로르는 아주 영리해서 자기를 괴롭히는 녀석을 절대 잊지 않는다고요!"

프리다 고모는 앵무새와 어머니와 나를 번갈아 쳐다보면서 고래고래 소리를 질렀다.

그러나 어머니는 언제나 그랬던 것처럼 나를 믿어 주었다.

"글쎄, 앵무새가 우리 루트비히를 보고 그러는 것 같기는 하네요. 하지만 우리 루트비히는 제 방에서 불규칙 동사 공부를 하고 있었잖아요?"

"아이고, 언니는 그저 언제나 아이들 말만 믿는군요. 그러니까 아이들이 모두 그 모양 그 꼴인 거예요."

나는 창문을 살폈다. 다행히도 창문이 활짝 열려 있었다.

"보세요, 고모. 창문이 열려 있잖아요. 이렇게 창문이 열려 있는 것으로 봐서 아이들이 지나가다가 울타리 너머로 물총을 쏜 것이 틀림없어요."

"이 녀석아, 그딴 허튼수작 그만둬!"

프리다 고모는 아이들이 물총을 쏴서 맞히기에는 울타리가 높고 멀다고 주장했다. 그뿐만 아니라 창문이 전혀 젖지 않은 것을 보면, 내가 한 일이 뻔하다는 것이었다.

물론 고모가 보기는 제대로 본 것이었다. 그러나 내가 그러지 않았다고 버티는 데야 별 수가 없었을 것이다. 아무리 프리다 고모가 심술궂다고 해도 별 도리가 없었다는 말이다.

"우리 동네 아이들은 물총을 아주 잘 쏜다고요. 아무리 목표가 멀리 떨어져 있어도, 한번 겨냥했다 하면 어김없이 맞힌단 말이에요. 그리고 저는 절대 이 방엔 들어오지도 않았어요. 어른들도 안 계신데, 제가 이 방에 무엇 때문에 들어오겠어요?"

"뭣 하러 오기는 뭣 하러 와? 우리 로르한테 물벼락을 주려고 들어온 거지."

"아니, 왜요? 제가 왜 고모 앵무새한테 물벼락을 준다는 거예요? 전 그 이유를 모르겠어요. 고모가 저한테 뭐 그렇게 미운 털이라도 박혔다는 건가요? 전 도대체 모르겠어요."

문 옆에서 들여다보고 있던 누나는 좋아 죽겠다는 얼굴이었다.

그때 테레즈 할멈이 식사 준비가 다 되었으니 어서들 오라고 불렀다.

그래서 앵무새의 물벼락 사건은 그걸로 일단락되었다.

우리는 모두 식탁으로 가야 했고, 식탁에서는 식탁에 어울리는 이야기가 나와야 하는 법이니까…….

남을 울릴 줄만 알았지……

앵무새는 우리가 그 방에서 나갈 때까지도 몸을 부르르 떨며 날개의 털을 추스르고 있었다.

"우리 불쌍한 로르, 이젠 겁낼 것 없다. 내가 다시는 물벼락을 맞도록 내버려 두지 않을 테니까."

프리다 고모의 말이었다. 물론 그러시겠지. 프리다 고모는 앵무새를 얼러 주더니, 이번에는 나를 무섭게 쏘아보았다. 앵무새란 놈도 나를 아니꼽다는 듯이 노려보았다. 그렇지만 나는 '이제 두고 봐라! 내가 화약을 터뜨리는 날에는 감히 날 쳐다보지도 못할 테니까. 왕창 겁을 먹게 만들어 주마.' 하고 생각했다.

프리다 고모는 저녁 식사 자리에서도 화를 풀지 않았다. 고모의 코끝이 아주 하얗게 변한 걸 보면 알 수 있었다. 고모는 신경질적으로 수프를 저었다. 어머니는 프리다 고모에게, 무사히 도착한 즐거운 기분을 망치지 말라고 말했다. 그러자 프리다 고모는 자기는 사실을 말했을 뿐인데, 어머니가 먼저 화를 냈다고 말했다. 그리고 의지할 곳 없는 불쌍한 짐승을 못 살게 구는 집에서는 기쁠 일이 전혀 없다고 대답했다.

"이봐요, 고모. 앵무새 몸이 물에 좀 젖은 것뿐인데, 뭘 그러세요?"

어머니의 말이었다. 누나는 목욕을 하는 것은 새에게 별로 나쁘지 않다고 말했다. 그러자 프리다 고모는 우리가 자기를 그렇게 적대시해도 별로 놀랄 것도 없다고 말했다. 왜냐하면 자기는 이미 그런 데 만성이 되었기 때문이라는 것이다. 그러면서 우는 것처럼 눈물 닦는 시늉을 했다.

물론 그 눈에서 눈물은 한 방울도 나오지 않았다. 나는 그것을 옆에서 똑바로 지켜보았기 때문에 잘 알았다. 프리다 고모는 남을 울릴 줄만 알았지, 자기가 울 줄은 모르는 사람이었다. 그러나 어머니는 프리다 고모의 연극에 속아 넘어갔다. 그리고 고모를 가엾게 여겼다. 어머니는 우리 식구들이 아버지와 남매간인 고모를 모두 좋아한다, 그러니까 고모 집에 있는 것이나 마찬가지로 편하게 지내시라고 말했다.

그러자 프리다 고모는 이번만은 우리를 용서해 주겠다고 말했다. 우리 가족이 그동안 자기에게 한 일들을 이제 더는 생각하지 않겠다는 것이었다. 그러더니 프리다 고모는 갑자기 명랑해졌다. 그것은 때마침 구운 고기가 나와서 물어뜯을 것이 생긴 까닭만은 아니었다. 벽난로 위에 있는 총각 판사 슈타인의 사진이 생각난 것이었다. 고모는 그 사진을 포크로 가리키면서 말문을 열었다.

"저기 저 사람은 어쩌면 저렇게 못생겼죠? 사람이 저렇게 못생기기도 쉽지 않을 거예요."

"어디 누구 말이에요, 고모?"

어머니가 두리번거리며 물었다.

"아, 저기 저 벽난로 위 사진 속 남자 말이에요. 원 끔찍스럽게 못생긴 남자더군요. 눈은 사팔뜨기고, 툭 불거진 이마는 훌렁 까지고, 볼때기에는 살이 뒤룩뒤룩하잖아요. 꼭 무슨 벌레 같아요. 저게 어디 사람 얼굴이에요? 어째서 저런 사진을 집에다 걸어 두는 거죠?"

어머니는 얼굴이 빨개졌다. 안나 누나는 벌떡 일어나더니 밖으로 뛰쳐나갔다. 방문을 통해 누나가 우는 소리가 들려왔다. 어머니는 옷깃을 가다듬더니, 슈타인은 우리 집에 자주 오는 손님이고 결코 남보다 못생기지 않았다고 했다.

"그렇지만 툭 불거져 나온 이마가 훌렁 까진 데다가 눈은 사팔뜨기고 살은 돼지 배때기처럼 흐물흐물하잖아요?"

"그 사람은 사팔뜨기가 아니에요, 고모. 사진이 잘 안 나와서 그렇게 보이는 거예요. 그리고 그 사람과 사귀는 것 자체가 명예스러운 일이라고요. 그 사람은 젊은 나이에 법원 판사가 되었고, 게다가 법학 박사예요. 아주 유능한 사람입니다."

프리다 고모는 알지도 못하는 사람 때문에 싸우고 싶지 않다고 말했다. 하지만 외모로 보아서는 정말 추남인 것이 사실이고, 조금도 유능하거나 훌륭해 보이지 않는다고 말했다.

"그리고 사람이라는 건 그래요. 겉을 보면 속도 알 수 있는 거예요. 난 내가 본 것만 믿지, 남이 한 말은 누가 뭐라고 그래도 믿질 않아요. 저 사람 생긴 걸로 봐서 술깨나 좋아하는 주정뱅이 같군요. 지금은 그렇지 않다 해도, 얼마 안 가서 그 못생긴 얼굴을 시궁창에다 처박고 말 거예요. 저 얼굴에는 그게 제격이지."

그러자 어머니도 벌떡 일어나서 밖으로 나갔다. 어머니는 문턱 있는 데서 이렇게 한마디 하는 것을 잊지 않았다.

"고모가 오랜만에 왔으니, 우리 집에 머무는 동안만은 다투지 않고 잘 지내야겠다고 마음먹었어요. 하지만 그게 이렇게 어려울 줄은 정말 몰랐어요."

그러고 나서 어머니와 안나 누나가 이야기하는 소리가 들려왔다. 어머니는 뭐라고 달래고 있었지만, 누나는 여전히 소리 내어 울고 있었다. 그러나 프리다 고모는 그제야 기분이 유쾌해진 것 같았다. 고모는 식사를 계속하면서 알 수 없다는 듯이 고개를 연방 갸웃거렸다.

"애, 루트비히야. 네 누나 안나가 벌써부터 저런 병이 있는 모양이구나."

"무슨 병 말이에요?"

"글쎄, 걸핏하면 우는 그런 병 말이다."

"아뇨, 누나는 전혀 아프지 않아요."

"네가 모르는 소리다. 네 누나는 신경이 너무 허약해. 그러니까 저렇게 별안간 울어 대곤 하지. 나는 늘 저 애가 너무 약질이라고 생각해 왔어. 정말 사람 노릇하기는 힘든 아이지. 제 구실을 할 아이라면 내 트렁크조차 들지 못할 리가 없지 않니?"

그때였다. 어머니가 당황한 얼굴로 허둥지둥 들어왔다. 그러더니 프리다 고모에게, 지금 슈타인 판사가 커피를 마시러 왔다면서 제발 잠깐만이라도 좀 점잖게 행동해 달라고 사정을 했다. 그러자 프리다 고모는 모욕을 당했다는 듯이 이렇게 말했다.

"언니, 언니는 내가 우체국 화물 담당 직원하고 결혼했다고 해서 날 점잖지 못하다고 생각하는 모양이군요. 하지만 나도 다른 사람들 앞에서 어떻게 처신해야 하는지는 잘 아는 사람이에요. 그리고 판사다, 박사다 하는 것들 한 꺼풀 벗기고 보면 우체국 화물 담당 직원이랑 별다를 것도 없다고요."

어머니는 어떻게 해야 좋을지 몰라 쩔쩔맸다. 고모를 이대로 버려두고 손님을 맞으러 나가야 할지, 아니면 어떻게 해서든 고모의 심술을 이 자리에서 아주 막아 놓아야 할지 알 수 없어 엉거주춤한 채, 그저 고모에게 그만 떠들라고 자꾸 손짓만 해 댔다. 그러나 고모는 한층 더 신이 나서 보통 때보다 더 큰 소리로 계속 떠들었다.

"한 꺼풀 벗기고 보면 다 그렇고 그렇다니까요. 게다가 대머리에다 사팔뜨기면, 우체국 화물 담당 직원과도 비교할 수 없는 추남이지 뭐야."

총각 판사

어머니는 절망적인 눈길로 프리다 고모를 쳐다보고 있었다. 어머니의 얼굴은 금방이라도 울음을 터뜨릴 것 같았다. 그런데 그때 슈타인이 누나의 안내를 받으며 거실로 들어왔다. 누나의 눈은 아직도 눈물이 마르지 않은 채였다. 눈 가장자리도 빨갛게 달아올라 있었다. 어머니는 이제 울 수도 없는 상황이었으므로, 할 수 없이 유쾌한 것처럼 웃어 보이면서 슈타인을 맞이했다.

"슈타인 판사님, 이렇게 찾아 주셔서 반갑습니다. 제 시누이 프리다를 소개하죠. 전에도 말씀드린 것 같은데……."

슈타인은 프리다 고모에게 정중하게 인사했다.

"슈타인입니다. 전에 말씀은 들었지만, 오늘 처음 뵙는군요.

영광입니다."

프리다 고모는 마치 슈타인의 옷 치수라도 재는 것처럼 그를 아래위로 깐깐하게 뜯어보았다.

슈타인은 고모를 알게 되어서 매우 기쁘고, 이곳이 고모의 마음에 들었으면 좋겠다고 예의를 갖춰 인사했다. 프리다 고모는 자기도 그렇게 되기를 바란다면서, 자기 앵무새가 피해를 입지만 않으면 자기도 이곳이 마음에 들 것이라고 말했다.

그러나 슈타인은 프리다 고모의 말을 끝까지 듣지는 않았다. 안나 누나의 눈이 빨갛게 된 것을 보았기 때문이었다.

그는 누나에게 눈이 왜 그렇게 되었느냐고 물었다. 누나는 부엌에서 연기가 나서 그렇다고 했다. 그러자 프리다 고모는 대번에 누나의 신경을 걸고 넘어졌다. 저렇게 신경이 약해 걸핏하면 울어 대니, 결혼을 해서 남편을 섬기기는커녕 오히려 남편이 누나를 떠받들어야 겨우 살까 말까 하다는 얘기였다.

그러자 어머니는 화가 난 눈으로 프리다 고모를 쏘아보면서 말했다.

"고모, 고모가 도대체 우리 안나에 대해서 뭘 안다고 그래요? 안나는 몸도 건강하고 심지도 굳은 아이예요. 집안일을 안나가 모두 도맡아 하지만, 지금까지 안나가 힘들다고 불평하는 소리를 들어 본 적이 없어요."

프리다 고모는 자기가 더 잘 안다는 듯이 코웃음을 쳤다. 그때 안나 누나는 커피를 끓여 오겠다면서 부엌으로 나갔다.

슈타인은 프리다 고모에게 어디 사시느냐고 정중하게 물었다. 프리다 고모는 에르딩에 살고 있다고 말했다. 그 이유는 그곳이 물가가 싸기 때문이라는 얘기도 잊지 않았다.

"우리가 정부에서 받는 연금이 몇 푼 되질 않거든요. 그런데 젊은 판사님께서는 혹시 안스바하에 가 보신 적이 있으세요?"

슈타인은 그곳을 한 번 지나간 적이 있다고 대답했다.

"그렇다면 혹시 뢰머 씨를 아시는지 모르겠군요?"

"뢰머 씨요?"

"그래요, 오스카 뢰머. 지금 그곳에서 참사관으로 있는 분 말이에요."

"전 잘 모르는 분인데요."

"그렇게 유명한 분을 모르시다니 이상하군요. 더구나 관리로 일하시는 분이 그분을 모르시다니, 그건 말도 안 된다고요."

"저는 그 고장을 그저 한 번 스쳐 지나쳤기 때문에 잘 모릅니다."

"그래도 그렇죠. 누구나 한자리하는 관리라면 그분을 다 잘 알 텐데?"

"저야 이제 겨우 올챙이 판사에 불과합니다. 어디 한자리하는 관리라고 할 수 있나요. 저 같은 놈이야 그런 높은 분을 모르는 것이 당연하지요."

슈타인은 그 어느 때보다도 늠름하게 말을 잘 받았다.

프리다 고모는 자기가 바로 그 뢰머 씨의 부인이 될 뻔했던 여자라는 말을 기어코 슈타인에게까지 하고 말았다.

"그런데 그렇게 되지 못한 것은 모두 오빠들 때문이라우. 내 위로 오빠가 둘 있었는데, 그 둘이 공부를 한답시고 우리 집 재산을 탕진해 버린 탓이지요."

슈타인은 그러시냐는 듯 고개를 끄덕였다.

어머니는 평소 슈타인이 집에 오면 안나가 그와 함께 있도록 하고, 손수 커피를 끓여 주었다. 그러나 오늘은 한 번도 부엌에 나가 보려 하지 않았다. 프리다 고모가 또 무슨 말을 해서 실례를 할지 모르기 때문인 것 같았다.

어머니는 프리다 고모 쪽으로 의자를 바싹 당겨 놓고 앉아 고모에게 연달아 질문을 해 댔다. 산림 감독관 마이어 씨는 요즘 어떻게 지내고 있는지, 그의 부인은 건강한지, 그 집 아이들은 어떤 학교에 다니는지, 또 지금도 좋은 포인터 개를 기르고 있는지 등등…….

프리다 고모는 계속해서 어머니의 질문에 대답할 수밖에 없었다. 프리다 고모는 대답을 마치는 즉시 슈타인에게 말을 걸려고 했지만, 어머니는 그럴 틈을 주지 않고 바로 또 다른 걸 묻곤 했다.

그러는 동안 멀거니 앉아 있던 슈타인은 부엌에 가서 연기 나는 것을 살펴봐야겠다고 말했다. 어머니는 기분 좋게 웃으며 어서 그렇게 하라고 허락했다.

그가 나가자, 어머니는 슈타인 판사가 참 침착하고 심지가 굳다고 칭찬을 했다.

그러나 고모는 여전히 밉살스러운 말만 꺼냈다.

"난 또 사진이 잘못 나온 거라고 해서 실물이 사진보다 나은 줄 알았지 뭐예요. 이제 보니 그 반대군요. 실물로 보니 오히려 훨씬 더 사팔뜨기가 심하지 뭐야."

그러나 어머니는 이제 더 이상 화도 내지 않았다. 고모에게 산림 감독관 마이어 씨나 그의 개나 아이들에 대해서도 묻지 않았다. 어머니는 고모가 그 자리에 있다는 사실조차 싹 무시하는 듯 혼자서 뜨개질만 열심히 했다.

프리다 고모는 몇 번 더 말을 내뱉어 보았지만, 어머니가 전혀 상대해 주지 않자 조금 머쓱해하는 것 같았다.

그때 안나 누나가 쟁반에 커피 주전자와 커피 잔을 받쳐 들고 왔다. 슈타인은 그 뒤를 따라 들어오면서 자기가 뭐 거들어 줄 일이 없느냐고 물었다.

모두 자리에 앉자, 우리는 커피를 마셨다. 어머니는 프리다 고모와 나 셋이서 있을 때와는 달리, 슈타인이 무슨 말만 하면 즐겁게 웃었다. 안나 누나도 웃었다.

 그러나 프리다 고모만은 웃지 않았다. 웃는 대신 무슨 고약한 계획을 세우는지 코만 비벼 댔다.

 어머니는 프리다 고모에게 커피 맛이 어떠냐고 물어보았다. 고모는 맛을 알 수 없다고 말했다. 자기가 받는 연금으로는 커피를 사 마실 수가 없어서 그런 건 알 수 없다는 것이었다. 그러자 슈타인이 입을 열었다.

 "그것 참 안됐군요. 이 집 커피는 세상에서 가장 맛이 좋은 커피인데, 그걸 모르시다니요. 특히 안나 양이 끓였을 때는 그 맛이 더욱 좋지요."

 프리다 고모는 슈타인에게 언제나 그렇게 커피를 즐기느냐고 물었다. 슈타인은 그렇다고 대답했다. 그러자 프리다 고모는 깔깔 웃으면서 남자들은 커피를 좋아하지 않기 때문에 자기는 슈타인의 말을 믿을 수 없다고 말했다. 특히 대학을 나온 남자들은 대학 시절에 맥주를 퍼마시던 버릇 때문에 맥주나 좋아하지, 커피는 좋아하지 않는다는 것이었다.

 슈타인도 웃으면서, 자기는 부자가 아니어서 맥주는 못 마셨고 커피만 마시면서 대학을 다녔다고 말했다. 그러나 프리다 고모는 그 말을 전혀 믿을 수 없다고 했다.

"왜 믿을 수 없다는 거죠, 고모? 술을 좋아하고 하지 않고는 체질에 따라 다른 거예요. 다른 사람들이 다 좋아해도 내가 싫으면 그만인 거예요, 고모."

어머니가 이렇게 말했으나 프리다 고모는 고개를 세게 저었다.

화약을 터뜨리다

"슈타인 씨, 당신이 우리 언니는 속일 수 있을지 몰라도 내 눈은 못 속여요. 판사님이 아무리 그런 소리를 해도, 그게 거짓말이라는 건 판사님 이마에 다 씌어 있어요. 술을 퍼마시지 않고 나쁜 짓을 하지 않은 사람이 그렇게 머리가 벗겨질 리 있나요. 판사님의 머리를 보니 어지간히 마시고 놀았겠다 싶네요."

"어머나, 고모!"

안나 누나가 비명을 질렀고, 어머니도 목소리를 높였다.

"이봐요, 프리다!"

그러나 프리다 고모는 태연한 얼굴이었다.

"왜들 그래요? 농담 한 번 한 걸 가지고. 그리고 술 마시고 바람피우기 좋아하면 머리털이 빠지는 건 사실이에요."

나는 슈타인이 골을 낼 것이라고 생각했다. 그러나 그는 껄껄 웃으면서, 그렇지 않아도 그런 의심을 자주 받는데 머리가 빠진 것은 학생 때 장티푸스를 앓아서 그렇지 다른 이유는 없다고 대답했다. 그러고 나서 그는 가 봐야겠다면서 일어났다.

그는 어머니 손에 키스를 했고, 프리다 고모에게는 고개를 숙였다. 그리고 나를 데리고 현관까지 나가더니 이렇게 말했다.

"너도 힘들겠다. 손님이 저 정도면 얌전하게 참는 것도 어려운 일이지. 안 그래, 이 사고뭉치야?"

안나 누나는 그를 현관 밖까지 배웅했다. 나는 먼저 거실로 돌아갔다. 어머니가 프리다 고모를 나무라고 있었다.

"프리다 고모, 정말 너무했어요. 그 사람이 화가 나서 가 버린 거라면, 나는 이제 고모하고는 영원히 잘 지낼 수 없어요."

그때 안나 누나가 들어오더니 소파 위에 쓰러져 엉엉 울었다. 그리고 슈타인이 이제 다시는 우리 집에 커피 마시러 오지 않을 거라고 말했다. 평소보다 일찍 서둘러 가 버린 것만 봐도 잘 알 수 있다고 했다.

프리다 고모는 자기 손으로 커피를 한 잔 더 가득 따르더니, 자기는 이렇게 신경이 예민한 가족을 아직까지 본 적이 없다고 했다. 그리고 그 원인이 무엇이든 간에 놀라지 않을 수 없다며 혀를 찼다.

나는 고모의 그 무디고 질긴 신경을 따끔하게 혼내 줘야겠다고 생각하고 얼른 밖으로 나왔다. 나는 방으로 가서 화약을 꺼냈다. 심지도 가지고 있었다. 가끔 재미로 숲 속에서 불개미집을 터뜨려 공중에 날려 버리곤 했던 것이다.

나는 화약을 종이로 말고 그 속에 심지를 끼워 넣었다. 그러고 나서 프리다 고모의 방에 들어가 새장 안에다 그걸 집어넣었다. 심지가 너무 길어서 새장 밖으로 늘어졌다. 적어도 5분 동안은 탈 것 같았다.

내가 화약을 장치하는 동안 앵무새는 새장 꼭대기로 기어 올라가 주둥이를 딱 벌리고 고양이처럼 헉헉거렸다.

나는 다시 복도로 나가서 누가 오지 않나 귀를 기울였다. 아무 기척도 없었다. 그래서 나는 다시 방 안으로 들어가 성냥을 그은 다음 심지에 갖다 댔다. 심지에 즉시 불이 붙어 연기를 뿜기 시작했다.

앵무새는 이제 횃대 위로 내려와 있었다. 놈은 고개를 삐딱하게 돌린 채 나를 경계하며 살폈다. 그러다가 심지에서 연기가 피어오르자 높은 곳으로 가서 머리를 새장 밖으로 내밀고 연기를 내려다보았다. 앵무새란 놈도 오래지 않아서 연기가 나는 이유를 알게 될 것이라고 생각하고, 나는 얼른 방에서 나왔다.

나는 거실로 가만히 들어갔다. 안나 누나는 아직 울고 있었고, 어머니는 얼굴이 벌겋게 달아오른 채였다. 프리다 고모는 아직도 맛도 모르는 커피를 마시고 있었다. 그들은 내가 잠시 나갔다가 들어온 것을 전혀 알아차리지 못한 것 같았다. 고모는 그때 무슨 말을 하다가 중단했는지 그 말을 다시 잇고 있었다.

"이 집에서 나를 못마땅하게 여긴다는 것을 나도 알고 있어요. 하지만 그게 다 누구 탓이겠어요? 오라버니 탓이라고요. 공부한다고 돈을 다 써 버리고도, 누이동생 걱정은 조금도 하지 않은 게 우리 오빠예요. 그래서 나는 이 모양 이 꼴로 이 집에서 천대나 받게 된 거고요."

어머니는 우리 아버지가 고모 때문에 이만저만 고생한 것이 아니라고 했다. 고모는 입버릇이 고약해서 아무 데나 가서 쓸데없는 말을 한다고 가끔 한탄했다는 것이다.

이 말을 들은 프리다 고모는 커피 스푼을 식탁 위에 내던지며 고래고래 소리를 지르기 시작했다. 자기가 어떻게 생겨 먹었든 간에 자기 동생을 그런 식으로 말하는 사람이라면, 그는 야비하기 짝이 없으며 파렴치한 인간이라고 거품을 물었다.

"처음에는 돈을 다 써 버리고, 그래서 좋은 자리에 시집도 못 가게 해 놓더니, 나중에는 내가 뭐 어떻다고? 그런 말을 하면서도 자기가 사람이라고 생각했나!"

바로 그때였다. 뭔가 둔하게 터지는 소리가 들려온 것은…….

"퍽, 퍼퍽, 퍼퍼퍽!"

그때 테레즈 할멈이 소리를 지르면서 들어왔다. 열린 방문으로 화약 냄새가 지독하게 풍겨 왔다. 복도를 내다보니 연기가 가득했다. 내가 그 방을 나올 때 문 닫는 것을 잊은 탓이었다. 테레즈 할멈은 뭔가 폭발했다고 소리를 질렀다. 불이 난 모양이라고 했다.

"어디요? 어디에 불이 났어요?"

울고 있던 안나 누나도 후다닥 일어났고, 식구들은 모두 복도로 뛰쳐나갔다.

"어머나, 이걸 어째! 소화기, 소화기는 어디 있니, 얘들아!"

그러나 나는 연기가 프리다 고모의 방에서 나오는 것임을 확인하고 안심했다.

프리다 고모는 그것을 보더니, 총에라도 맞은 듯 비명을 지르면서 그 방으로 뛰어들었다.

"아이고머니! 이게 무슨 날벼락이야!"

어머니는 이렇게 외치면서 자리에 주저앉으려 했다. 나는 어머니를 얼른 부축했다. 안나 누나가 프리다 고모의 뒤를 따라 그 방으로 뛰어 들어갔다. 그러나 안나 누나는 곧 다시 달려 나오면서 소릴 질렀다.

"엄마, 안심하세요! 아무 일도 아니에요! 다친 건 앵무새뿐이에요!"

그러자 프리다 고모가 달려 나오며 고함을 질렀다.

"아니, 뭐라고? 앵무새뿐이라고? 이 못돼 먹은 것들아, 이 망할 것들아!"

"엄마를 안심시켜 드리기 위해 불이 난 게 아니라고 말했을 뿐이에요."

안나 누나가 대답했다.

"듣기 싫다! 그래, 어린 짐승이 바비큐가 다 돼서 새장에 자빠져 있는데, 앵무새뿐이라고? 이 돼먹지 못한 것아!"

그러자 이번에는 어머니가 소리쳤다.

"좀 조용히 해요. 대단치도 않은 일인데, 뭘 그래요?"

"오호라, 이젠 식구들이 한데 똘똘 뭉쳐 덤빌 셈이네?"

프리다 고모가 소리를 질렀다. 그리고 내 앞으로 달려오더니 더 큰 소리로 고함을 쳤다.

"네놈이 앵무새를 죽였어, 이 망나니 같은 놈아!"

"그 아이한테 욕하지 말아요. 그 아이는 아무것도 몰라요. 그 애는 방 안에 같이 있었잖아요."

어머니가 소리쳤다. 나도 버텼다.

"고모가 언제나 저한테 죄를 뒤집어씌우는 데는 저도 만성이 되었어요. 너무 어처구니가 없어서 아무 말 않겠어요. 뭐가 어떻게 된 건지, 저는 전혀 모릅니다."

"네가 왜 몰라? 네가 했으면서! 너 아니면 누가 했단 말이냐? 나는 네 어머니가 무릎을 꿇고 빈다 해도 너를 용서 못 해!"

고모가 빽빽 소리를 지르자 어머니가 대꾸했다.

"아이고, 난 고모에게 떠들지 말라는 것밖에는 아무것도 빌지 않아요. 제발 소리 좀 지르지 마요."

우리는 프리다 고모의 방으로 다시 들어갔다. 이제 연기는 창문으로 다 나가 버렸다. 그러나 아직 화약 냄새와 새털 탄 냄새가 진하게 배어 있었다.

앵무새는 새장 밑바닥에 주저앉아 있었다. 새는 이제 더 이상 파랗고 빨갛지 않았다. 온몸이 시커멀 뿐이었다. 꼬리 깃털이며 날개 깃털이 모두 불에 그슬리고 타서 엉클어지고 흐트러져 있었다. 머리는 새까맸고, 눈은 부엉이 눈처럼 퀭했다. 그 꼴로 그놈은 얼이 빠져서 나를 멀거니 내다보았다. 얼이 빠질 만도 했으리라.

"새는 아직 살아 있네요. 살아 있으니 곧 건강해지겠죠."

어머니가 조용히 말했다. 그러나 고모는 여전히 고함을 질러 댔다.

"이놈의 집, 이 더러운 놈의 집에 단 하루도 어린 새를 놓아두지 않을 테야. 오늘 중으로 떠나고 말겠어!"

프리다 고모는 정말 그날로 떠나갔다. 그러나 우리 식구들은 아무도 고모를 진정으로 붙잡지 않았다.

슐츠 아저씨

그 무렵 어머니는 퇴역 소령인 슐츠란 사람에게서 편지를 한 통 받았다. 그 편지에는 자기가 나를 맡아 반드시 훌륭한 인물이 되도록 공부를 시키겠다고 쓰여 있었다. 어머니는 이 편지를 보고 무척 기뻐했다.

그러나 그 편지에는 경비가 다달이 80마르크가 든다는 말도 있었다. 그럼에도 나는 슐츠란 사람이 살고 있는 곳으로 가지 않을 수 없었다. 그건 누가 뭐래도 재수 없는 일이었다.

그 아저씨 집은 5층에 있었는데, 주위는 모두 높은 집들뿐이었다. 뜰 하나 제대로 있는 집이 없었다. 어쨌든 나는 마음대로 놀지 못하게 되었다. 사실 마땅히 같이 놀 만한 사람도 없었다.

그 집에는 슐츠 아저씨와 잉에 아주머니 둘뿐이었다. 둘이서 온종일 집 안을 돌아보며 내가 무슨 일을 저지르지 않았는지 살피는 것이 일이었다. 게다가 아저씨는 여간 엄하게 굴지 않았다. 나만 보면 그냥 넘어가는 법 없이 입버릇처럼 이렇게 뇌까리곤 했다.

"두고 봐라, 이 개구쟁이 녀석아. 이제 단단히 버릇을 고쳐 놓고야 말 테니 말이다."

나는 창밖으로 머리를 내밀고 길거리에 침을 뱉는 장난밖에 할 게 없었다. 지나가는 사람을 명중하지 못하면 길바닥에 침 떨어지는 소리가 엄청나게 크게 울렸다. 명중이 되면 그 행인은 화가 머리끝까지 치밀어 올라, 펄펄 뛰면서 사방을 두리번거리며 악을 쓰고 욕지거리를 해 댔다. 덕분에 나는 킬킬거리며 지루함을 달랠 수가 있었지만, 그 외엔 아무 재미도 없었다.

우리 담임은 나 때문에 학급 성적이 떨어진다며, 나를 못마땅하게 여겼다. 하지만 내 생각에 그럴 필요까지는 없었다. 내 성적이 좋지 않았던 것은, 내가 교장 부인의 내실 변기에 카바이드를 넣어 물을 부글부글 끓게 한 것 때문이지 다른 이유는 없었다. 그리고 그것도 아주 오래전 일인데, 여태까지 그렇게 나오는 이유를 난 알 수 없었다.

어쨌든 슐츠 아저씨는 내 담임 선생과 잘 아는 사이여서 종종 만나곤 했다. 둘은 만나면 어떻게든 내 약점을 잡아 나를 옭아 맬 궁리를 하는 것이 일이었다. 나는 학교에서 돌아오기만 하면 금방 책상 앞에 앉아 숙제를 해야 했다. 아저씨는 나하고 마주치기만 하면 노려보면서 이렇게 떠들어 대곤 했다.

"요 못된 녀석아! 또 무슨 못된 짓을 할 속셈이냐? 요 망나니야! 조금만 더 기다려 봐라. 이제 곧 경을 치게 만들어 주고 말 테다!"

어느 날, 나는 수학 숙제를 하고 있었다. 그런데 아무리 생각해 봐도 답을 제대로 찾을 수가 없었다. 아저씨가 어머니한테 내 공부를 봐주겠다는 말을 한 적도 있고, 또 잉에 아주머니도 머리가 좋아서 많은 걸 배울 수 있을 거라고 자랑했기에 아저씨에게 물어보기로 했다. 그런데 아저씨는 쭉 한 번 훑어보고 나서 이렇게 말하는 것이었다.

"아무짝에도 쓸모없는 망나니 녀석 같으니라고. 넌 이것도 모르냐? 세상에 이렇게 쉬운 문제도 풀지 못하다니!"

그는 책상 앞에 앉아 그 문제를 풀기 시작했다. 그러나 그는 문제를 금방 풀지 못했다. 그는 오후 내내 그 문제를 가지고 씨름을 했다. 내가 아직 끝나지 않았느냐고 물으면 아저씨는 내게 지독하게 욕을 해 대며 핏대를 세우는 것이었다. 겨우 저녁 식사 직전에야 그는 나에게 숙제를 돌려주면서 으스댔다.

"자, 이젠 베끼기만 하면 된다. 뭐 이것쯤 푸는 거야 식은 죽 먹기지만, 다른 일을 해야 할 게 있어서 이렇게 늦은 거야. 알겠니, 이 돌대가리야?"

나는 그것을 그대로 베껴서 담임 선생한테 제출했다. 그리고 목요일에 숙제장을 돌려받았다. 나는 이번에는 최고 점수를 받았을 거라고 짐작했다. 그러나 정작 나온 성적은 최하점이었다. 문제를 푼 것이 모두 빨갛게 고쳐져 있는 데다, 나는 선생한테 이런 말까지 들어야 했다.

"이따위로 문제를 엉터리로 푸는 놈은 이 세상에서 으뜸가는 바보 천치가 분명하다."

그래서 나는 이렇게 대꾸했다.

"그건 제가 푼 게 아니에요. 이건 슐츠 아저씨가 풀어 주신 거니까요. 전 아저씨가 계산해서 풀어 준 걸 그대로 베껴 왔을 뿐이에요."

반 아이들이 모두 다 웃었지만, 담임은 얼굴이 시뻘겋게 달아올라 소리쳤다.

"게다가 네놈은 비열한 거짓말쟁이야. 형무소에나 처박힐 놈 같으니라고!"

담임은 나만 따로 남겨서 두 시간 동안이나 벌을 세웠다. 집에서는 아저씨가 신이 나서 나를 기다리고 있었다. 내가 늦는 것은, 학교에서 벌을 섰기 때문이라는 건 안 봐도 뻔한 일이었으니까. 그래서 나를 괴롭힐 꼬투리가 생겼다고 신이 나 있을 것이었다.

그러나 나는 집에 돌아가자마자 마구 퍼부어 댔다. 내가 늦게 돌아온 것은 아저씨 때문이라는 것, 문제를 엉터리로 풀어 줬기 때문이라는 것, 그런 엉터리 계산은 세상에서 으뜸가는 바보 천치가 아니면 할 수 없다고 우리 담임이 그랬다는 사실 등을 모두 말해 버렸다.

그러자 그는 나를 정말 있는 힘껏 후려갈겼다. 그렇게 세게 얻어맞은 적은 정말 처음이었다. 그러더니 그는 획 나가 버렸다.

나중에 내 친구 하인리히 그라이터에게 들었는데, 그가 곧장 우리 담임을 찾아가 만난 모양이었다. 둘이 함께 거리를 걸으면서 몇 번씩 멈춰 서서 얼굴을 맞대고 속삭이는 것을 하인리히가 마침 보았던 것이다.

이튿날, 담임은 나를 부르더니 이렇게 말했다.

"네 계산을 다시 한 번 검토해 봤다. 제대로 맞기는 했는데, 좀 옛날 방법으로 푼 거야. 요즘은 그런 식으로 계산하지 않는단다. 그리고 네가 벌을 받았다고 억울해할 건 전혀 없어. 넌 언제나 벌 받을 짓을 하고 다니니까 말이야. 또 베껴 쓸 때도 잘못 베꼈어. 그래서 결국 틀렸단 말이야."

그러나 그것은 두 사람이 짜고 하는 말이었다. 왜냐하면 내가 집에 돌아오자마자 아저씨가 이렇게 말했기 때문이다.

"내가 너희 선생하고 만나서 얘길 나눠 봤는데, 그 계산은 제대로 맞은 거야. 네가 베낄 때 주의하지 않아서 그렇게 되어 버렸던 거야, 이 망나니 녀석아."

나는 틀림없이 주의해서 베꼈다. 그가 틀렸고, 잘못은 그에게 있을 뿐이었다. 그런데도 어머니는 나에게 다음과 같은 편지를 보내왔다.

아저씨가 어머니에게 편지를 보냈는데, 내 공부를 돌봐 주기는 이미 틀렸다는 얘기였다고 했다. 그의 말로는 내가 아주 간단한 계산을 베끼는 것조차 못하는 놈이어서, 나 때문에 자기가 곤란한 처지가 됐다고 쓴 것이었다.

이 작자, 이렇게 비겁한 작자가 세상에 또 어디 있단 말인가!

교장 선생님 댁에서

하인리히 베르너스가 나와 사귀는 것을 그 녀석의 어머니가 금지했다고 했다. 이건 그 녀석이 내게 말해 준 것이었다. 내가 하는 짓거리가 너무 상스럽고, 머지않아 내가 퇴학 처분까지 받게 되리라는 것이 그 이유였다.

그래서 나는 베르너스에게 난 너희 어머니 같은 사람은 하나도 안 무섭다고 말해 주었다. 그리고 나야말로 너의 그 지저분한 방에 더는 들어갈 필요가 없게 되었으니, 듣던 중 반가운 얘기라고 대꾸해 주었다.

그랬더니 그 자식이 나보고 "나쁜 자식!"이라고 욕을 하는 것이 아닌가. 그래서 나는 녀석의 귀싸대기를 한 대 호되게 후려갈겼다. 그리고 녀석을 난로 쪽으로 밀어붙여 뒤로 나자빠지게 만들어 주었다. 그 바람에 베르너스는 이 하나가 부러졌고, 값비싼 바지 무릎에 구멍이 뚫렸다.

그날 점심시간이 지난 뒤, 학교 수위가 우리 교실로 찾아왔다. 교장 선생님이 나를 찾는다는 것이었다.

내가 교실에서 나가면서 얼굴을 찡그려 보이자, 모두가 웃음을 터뜨렸다. 그러나 내가 얼굴을 찡그렸다고 고자질하는 녀석은 하나도 없었다. 그랬다가는 나의 보복을 각오해야 한다는 것을 모두 잘 알고 있기 때문이었다. 베르너스 그 자식은 이가 빠져 집으로 가고 없었기 때문에 교실에 없었다. 녀석이 있었다면 아마 곧장 고자질을 했을 것이다.

교장실에 가니, 교장 선생이 나를 날카롭게 쏘아보았다.

"이 말썽꾸러기 녀석아, 또 걸려들었구나! 도대체 얼마나 더 기다려야 네 꼴을 보지 않게 된단 말이냐?"

나 역시 마찬가지였다. 이 구역질 나는 위인을 더 이상 보지 않게 된다면 뛸 듯이 기쁠 것이었다. 그리고 이번에도 교장이 날 보자고 한 거지, 내가 그를 보자고 한 것도 아니지 않은가!

"도대체 네 녀석은 장차 뭐가 되려고 그 모양 그 꼴이냐, 이 개망나니야! 그러고도 네가 라틴 어 학교 과정을 제대로 끝마칠 수 있다고 생각해?"

나는 끝마칠 수 있다고 생각한다고 대답했다. 그러자 교장은 고래고래 소리를 지르며 고함을 질렀다. 하도 큰 소리로 고함을 지르는 바람에 밖에 서 있던 수위 아저씨까지 그 소리를 듣고 나중에 흉내 낼 정도였다.

교장은 나에겐 범죄자 기질이 있으며 매우 위험한 인물이라고 떠들어 댔다. 그리고 앞으로 공장 노동자밖에 할 게 없는 녀석이라면서, 옛날부터 밑바닥에서 굴러먹는 놈들은 모두 다 하는 짓거리가 나랑 똑같았다고 말했다.

"아까 베르너스 참사관께서 학교에 오셨다. 네가 폭력을 휘두른 그분 아드님의 끔찍한 상태에 대해서 자세히 들려주고 가셨단 말이다, 이 자식아!"

이렇게 고함을 지르더니, 교장은 나에게 폭행에 대한 벌로 여섯 시간 동안 구류 처분을 내렸다. 그리고 어머니는 그 참사관 나리에게서 계산서를 받아, 바지 값으로 무려 18마르크나 지불해야 했다.

어머니는 이 일 때문에 몹시 울었다. 돈 때문만은 아니었다. 물론 집에 돈도 없다시피 했지만, 어머니가 운 것은 내가 여전히 몹쓸 짓만 하고 다닌다는 이유 때문이었다. 어머니가 그렇게 슬퍼하는 걸 보고 나는 화가 머리끝까지 나서, 베르너스네를 가만두지 않겠다고 결심했다.

그 참사관은 바지 값으로 돈을 받아 갔으면서도 그 찢어진 바지를 우리에게 주지도 않았다. 이런 작자들이 하는 짓거리는 어쩌면 이다지도 한결같은지…….

다음 주일, 나는 미사가 끝나는 그 즉시 교장 집으로 붙들려 갔다. 참으로 어이없는 일이었다.

방 안에는 교장 선생의 아들 녀석 둘이 있었다. 한 녀석은 번역 숙제를 하는 모양이었다. 책상 위에는 녀석이 참고서로 읽는 두꺼운 책이 몇 권 놓여 있었다. 녀석은 제 아버지가 들어올 때마다 책장을 잽싸게 뒤적거리며 고개를 좌우로 갸우뚱거렸다. 마치 열심히 공부하는 것처럼 보이려는 수작이었다.

"얘야, 지금 무슨 단어를 찾고 있니?"

교장이 이렇게 물었다.

녀석은 마침 입에다 빵을 가득 물고 있었기 때문에 곧바로 그 질문에 대답할 수가 없었다. 그런데도 녀석은 재주도 좋게 그 빵을 금방 삼켜 버리고, 지금 그리스 어 단어를 찾고 있는데 잘 찾을 수가 없다고 대답했다.

그러나 그 말은 사실이 아니었다. 녀석은 주머니에서 빵을 꺼내서 씹어 먹느라고 바빴기 때문에 무얼 찾아보고 말고 할 여지가 없었다. 그건 내가 쭉 지켜보고 있었기 때문에 분명한 사실이었다. 그런데도 교장은 하느님께서는 땀 흘리며 노력하는 것을 재능보다 높게 평가하신다는 격언까지 곁들여 가며 녀석을 칭찬해 주었다.

그러고 나서 교장은 다른 아들에게 갔다. 그 녀석은 이젤을 앞에 놓고 그림을 그리고 있었다. 그림은 이제 거의 완성 단계였다. 그것은 호수 위에 많은 배가 떠 있는 풍경화였다. 교장 부인도 들어와서 함께 그림을 감상했다.

교장은 기분이 한껏 느긋해진 것 같았다. 그는 그 그림이 아들의 졸업식 때 전시될 작품이라고 말했다. 앞으로 이 그림을 여러 사람이 감상하게 될 것이고, 그럼으로써 아름다운 예술이 널리 장려될 것이라고 말했다.

그러고 나서 교장 부부와 아들 둘은 나가 버렸다. 점심시간이 된 것이었다.

그 작자들은 나만 혼자 덩그러니 남겨 놓고 먹을 것이라곤 아무것도 주지 않았다. 그러나 나는 주머니 속에 살라미 소시지를 한 개 준비해 왔기 때문에 별로 문제될 건 없었다. 하지만 교장의 그 비쩍 마른 아들놈들이 푸짐한 식탁 앞에 느긋이 앉아 음식을 먹는 모습이 머릿속에 떠오르지 않을 리가 없었다.

구멍 뚫린 그림

 나는 교장의 큰아들 녀석이 그림을 옆방 창문 쪽에 세워 두고 나가는 것을 자세히 보아 두었다. 그리고 모두 방에서 나갈 때까지 기다렸다가, 몰래 가지고 온 《검은 아파치 이리의 이야기》라는 소년 소설을 계속해서 읽었다.

 4시가 되어서야 나는 학교 수위에 의해 석방되었다.

 "허, 이번에는 네가 그 안에서 꼼짝 않고 용케도 견뎌 냈구나!"

 수위는 감탄한 모양이었다.

 "이쯤이야 보통이죠 뭐."

 나는 그렇게 대꾸했다. 그러나 사실은 견디지 못할 정도로 답답했다.

월요일 오후, 교장 선생이 얼굴이 시뻘개져서 우리 교실로 쳐들어왔다. 그는 들어서자마자 고함을 질렀다.

"루트비히 토마, 그놈 어디 있어?"

나는 자리에서 일어섰다. 일이 또 터진 것이었다. 그는 내가 우리 학교에서 지금까지 없었던 범죄 행위를 저질렀다고 소리를 질렀다. 그는 내가 한 일이, 유명해지기 위해 디아나 신전에 불을 지른 그 범죄 행위와 맞먹는 것이라고 핏대를 세웠다. 그러면서 내가 잘못을 뉘우치고 모든 것을 고백해야 그나마 죄가 가벼워질 거라고 떠들었다.

그는 지껄이면서 윗입술을 잔뜩 추어올려 보기 흉하게 생긴 이를 다 드러내 보였다. 입에서는 침이 거칠게 튀어나왔다. 그러고는 눈알을 이리저리 사납게 굴려 댔다. 그러나 나는 똑 부러지게 말해 주었다.

"무슨 말씀을 하시는지 저는 전혀 모르겠습니다. 저는 잘못을 저지른 게 아무것도 없거든요."

그러자 그는 나를 보고 하느님도 화를 내실 흉악한 거짓말쟁이라고 한탄을 했다. 그러나 나는 눈썹 하나 까딱하지 않고 물었다.

"도대체 전 지금 무슨 영문인지조차 모르겠습니다."

그러자 그는 학급 전체에 대고 누가 나의 말에 반대 증언을 할 수 없겠느냐고 물었다. 그러나 다행히 아무도 무슨 일인지 알지 못했다.

교장 선생은 우리 담임에게 무슨 일이 벌어진 것인지 스스로 자세히 밝혀야만 했다. 그의 집 거실 옆방 유리창이 돌에 맞아 산산조각이 난 것을 아침에 발견했다는 것이었다. 범행에 사용된 커다란 돌이 마룻바닥에 굴러떨어져 있었는데, 더 큰 문제는 그 돌이 그의 아들이 그린 그림을 맞혀 구멍을 뚫었다는 것이었다. 그림은 완전히 망가진 채로 마룻바닥에 뒹굴고 있었다고 했다.

담임 선생은 완전히 겁을 집어먹고 머리칼이며 수염을 바싹 곤두세웠다. 그리고 나한테 달려오더니 마구 다그쳤다.

"바른 대로 말해, 이 흉악한 놈아! 그런 비열한 짓을 한 건 바로 네놈이지?"

나는 전혀 알지 못하는 일이라고 대답했다. 그러면서 그런 사건이 생기면, 늘 내가 했다고 넘겨짚는 것은 정말 서운하다고 말했다. 그러자 교장이 다시 한 번 고함을 질렀다.

"좋다, 이놈아! 네놈이 그렇게 나오면 기어코 그 몇 배로 보답을 받도록 해 주마! 증거만 찾아내면 널 그냥 두지 않겠어! 기어코 밝혀내고야 말겠다."

그러고 나서 그는 나가 버렸다. 한 시간 뒤에 수위가 나를 교장한테 데리고 갔다. 그 자리에는 신학 선생 팔켄베르크도 와 있었다.

 문제의 그 그림이 의자 위에 올려져 있었고, 옆에는 돌멩이가 놓여 있었다. 그 앞에는 검은 보자기로 덮인 자그마한 탁자가 하나 있었다. 그 위에는 촛대 두 개에 불이 밝혀져 있었고, 가운데에 십자가상이 놓여 있었다.

 팔켄베르크는 내 머리 위에 손을 얹었다. 그는 평소 나를 몹시 못마땅하게 여겼으면서도, 이번에는 더할 나위 없이 다정하게 굴었다.

 "눈이 어두워진 이 가련한 아이야. 이제 마음을 열고 모든 것을 고백해라. 그러면 너에게도 이롭고, 네 양심도 가벼워질 것이다."

 교장도 옆에서 거들었다.

 "그렇지. 그리고 네 입장도 훨씬 더 좋아지겠지."

 "하지만 저는 전혀 그런 짓을 하지 않은 걸 어떡하란 말씀입니까? 전 정말 그 유리창에 돌멩이를 던진 적이 없어요."

 내가 이렇게 나오자 그 '어린양'은 몹시 화가 나는 모양이었다. 그는 교장 선생을 돌아보며 이렇게 말했다.

 "어쨌든 이제 곧 모든 게 밝혀질 겁니다. 이 방법을 사용하면 틀림없거든요."

 그는 나를 탁자의 촛불 앞으로 데리고 갔다. 그리고 목소리를 엄숙하게 짜내어 말했다.

"이제 너에게 성상 앞의 타오르는 촛불 앞에서 묻겠다. 너는 교리 강론을 배운 적이 있지? 그러니 거짓으로 맹세했을 경우의 무서운 결과를 알고 있을 것이다. 내가 너에게 묻노니, 창문에 돌을 던졌느뇨, 아니 던졌느뇨?"

"저는 결코 창문에 돌팔매질을 한 적이 없습니다."

내가 대답하자, 팔켄베르크가 계속했다.

"모든 성인의 이름에 맹세코 네, 아니요로 대답하라!"

"아닙니다!"

그러자 팔켄베르크는 어깨를 흠칫 추켜 보이며 말했다.

"아무래도 이 아이는 아닌 모양입니다. 겉만 보아서는 알 수 없는 일입니다."

결국 교장은 나를 별 성과 없이 내보내는 수밖에 없었다. 나는 거짓말로 버티며 아무것도 고백하지 않은 것이 무척 유쾌했다.

그 창문에 돌팔매질을 한 것은 물론 나였다. 바로 그 전날인 일요일 밤에. 나는 그 그림이 그 창가에 놓여 있는 것을 잘 알고 있었으니까.

하지만 그걸 고백해서 내 입장이 나아지기는 뭐가 나아진다는 말인가? 기껏해야 퇴학이나 당하겠지. 교장은 말도 되지 않는 수작을 부렸지만, 나는 그렇게 멍청한 녀석이 아니었다.

첫사랑

　나는 일요일이면 종종 루푸 씨의 집에 가곤 했다. 그가 점심 식사를 함께 하자며 나를 초대했기 때문이다. 그는 우리 아버지의 오랜 사냥 친구였는데, 아버지가 돌아가신 뒤에도 우리 집에 사슴을 여러 마리 잡아다 주었다.

　그와 함께 일요일 한나절을 지내는 것은 아주 멋진 일이었다. 그는 나를 거의 어른처럼 대접해 주었다. 그래서 식사가 끝나면 언제나 여송연을 내주면서 이렇게 말하곤 했다.

　"너도 이제 이 정도는 피워도 상관없겠지. 너의 아버지는 담배를 기차 화통처럼 피워 대던 사람이니 너도 골초가 될 게 틀림없다."

아버지 친구에게 이렇게 인정을 받고 보니 나는 내 자신이 자랑스럽지 않을 수 없었다. 그리고 아버지 친구와 맞담배를 피우는 그 맛이란, 직접 경험해 보지 않은 사람은 절대 알 수 없을 것이다.

 루푸 부인 역시 이루 말할 수 없이 고상한 분이었다. 부인은 말을 할 때면 표준 독일어를 쓰기 때문에 입술이 뾰족해지곤 했지만, 그러는 입 모양조차도 아주 고상해 보였다. 부인은 늘 나에게 손톱 물어뜯는 버릇을 고치고, 말할 때는 정확한 발음을 할 수 있도록 노력하라고 주의를 주곤 했다.

 그 집에는 딸이 하나 있었는데, 아주 예뻤고 향수를 사용하는지 항상 좋은 냄새를 풍기고 있었다. 내가 겨우 열세 살밖에 되지 않아서인지 그 딸은 나에게 별로 관심을 갖지 않았다. 그저 무도회며 음악회, 그리고 뛰어난 일류 가수들 이야기만 했다. 그리고 가끔 사관 학교 이야기를 하곤 했다. 그것은 그 여자를 찾아오는 사관 학교 학생들에게 들은 이야기들 같았다.

 사관 학교 학생들이 그 집을 찾아올 때면 발소리보다 허리에 차고 있는 칼이 절그럭거리는 소리가 더 요란했다. 계단을 오르내릴 때면 특히 더했다. 나도 사관 학교 학생이라면 좋겠다는 생각을 종종 했다. 내가 사관 학교 학생이라면 나도 그 여자의 마음에 들 수 있을 테니까.

그런데 실제로는, 그 여자는 나를 아무것도 모르는 코흘리개 정도로만 생각했다. 그래서 내가 자기 아버지하고 맞담배를 피우는 것을 볼 때면 정말 가소롭다는 듯 기분 나쁘게 웃곤 했다.

그런 점이 나를 불쾌하게 만들었기 때문에 그때마다 나는 그 여자에게 향하는 내 애정을 깔아뭉개 버리곤 했다. 그러면서 마음속으로 이렇게 생각했다.

'앞으로 나는 장교가 되어 전쟁에 나가 혁혁한 공을 세우고 영웅이 되어 돌아올 거야. 그렇게 되면 그 여자는 나에게 완전히 반해 버리겠지? 하지만 그때 가선 저 여자를 본 체도 하지 말아야지.'

그 딸의 일만 빼놓으면 루푸 씨 집에서 보내는 시간은 참으로 기분 좋고 유쾌했다. 나는 매주 일요일을 기쁘게 맞이했고, 그 집에서 나누는 점심 식사와 여송연을 기다리곤 했다.

루푸 씨는 교장 선생을 알고 있었다. 자주 만나서 이야기도 하는 사이였다. 루푸 씨는 교장에게 일요일마다 나를 초대해서 자기 식구들과 같이 지낸다는 것, 내가 장차 틀림없이 우리 아버지처럼 사냥도 잘하는 사내다운 사내가 될 것이라는 이야기를 했다고 했다.

그렇지만 교장 선생이 나에 대해 좋게 말할 리가 없었다. 그것은 루푸 씨가 나에게 가끔 이런 말을 하는 걸 보아도 잘 알 수 있었다.

"그 낮도깨비 같은 작자는 네가 하는 짓을 모두 알고 있더라. 너는 아마 대단한 말썽꾸러기인 모양이지? 그러니까 그 작자가 그렇게 욕을 해 대는 거야. 그런데 그 작자도 사람이니까 너무 그렇게 속을 썩여 줄 필요는 없다."

이렇게 말해 주니 내가 어찌 일요일에 그를 만나는 걸 기다리지 않겠는가. 루푸 씨는 그 누구보다도 나와 잘 통하는 어른이었다. 그런데 거기에 그만 마(魔)가 끼고 말았다. 그렇게 된 까닭은 이러했다.

나는 아침 8시에 학교에 갈 때마다 양재 학원에 나가는 우리 하숙집의 뒷집 딸과 골목 어귀에서 마주치곤 했다.

그 아이는 아주 예뻤다. 머리를 길게 늘어뜨리고 빨간 리본을 달기도 했다. 젖가슴도 벌써 봉곳하게 솟아 있었다. 내 친구 라이텔은 그 애가 벌써 다 자란 처녀인데, 다만 새침을 떨고 있는 거라고 늘 말하곤 했다.

나는 처음엔 그 애한테 감히 알은척을 하지 못했다. 그러다가 한번은 고개를 꾸벅하고 인사를 했더니 그 아이 얼굴이 빨개지는 것이었다. 그 뒤부터 나는 그 아이가 아침마다 골목 어귀에서 나와 마주치기를 기다린다는 걸 알게 되었다. 내가 좀 늦는 날이면, 그 아이는 거기 서서 기다리기까지 했으니까…….

그 아이는 내가 나올 때까지 제본소 상점을 들여다보며 서 있었다. 그러다가 나와 눈길이 마주치면 반갑게 웃어 보이고 총총걸음으로 가 버리는 것이었다. 그래서 나는 말을 한번 걸어 보려고 마음을 먹었다. 하지만 가슴이 마구 두근거려서 한 번도 말을 걸지 못했다. 한번은 그 아이 곁으로 다가간 적도 있었지만, 기침을 한 번 했을 뿐 목이 콱 막혀서 말은 한마디도 하지 못하고 말았다.

라이텔은 그까짓 계집아이 상대하는 것쯤은 조금도 어려울 게 없다고 했다. 자기는 그럴 생각만 있으면 날마다 계집아이 세 명에게 말을 걸 수도 있지만, 모두 너무 시시해 보인다는 것이었다.

"그러니까 결국은 너도 여자애들한테 말을 못 걸어 봤다는 거 아냐?"

"못 건 게 아니라 안 건 거지."

"결국 그게 그거지 뭐야."

"아니지, 차이가 있지. 이를테면······."

"허튼소리 하지 마. 난 지금 심각한 얘기를 하는 거란 말이야."

"그러니까 하는 소리 아니냐. 얘기를 걸고 싶으면 그냥 거는 거야. 그게 뭐가 어려워서 그러니? 여자애들도 사람이라고. 우리하고 똑같다고. 똑같은 음식을 먹고, 똑같은 말을 쓰고, 똑같은 생각을 하고, 별것 아니야. 난 정말이지 말 걸고 싶은 애가 있으면 하루에 세 명쯤은 걸 수 있어."

나는 내가 할 말을 여러 가지로 생각했다. 그 애와 멀리 떨어져 있을 때는 그 모든 게 무척 쉬운 일처럼 생각되었다. 그 여자애가 도대체 뭐란 말인가. 빵집 딸인 데다 겨우 양재 학원에 다니는 여자애 아닌가. 하지만 나는 라틴 어 학교 3학년 학생이었다. 공부를 잘하는 편은 아니었지만 낙제는 아직 한 번도 하지 않았고, 앞으로도 낙제는 안 할 것이었다. 그리고 대학에도 갈 것이고…….

그런데도 정작 그 여자애를 보면 기분이 아주 이상해져서 마음먹었던 것이 제대로 되지 않았다. 그 여자애 앞에서 말을 꺼낸다는 것이 그렇게 어려울 수가 없었다. 어려운 정도가 아니라 도저히 불가능한 일처럼 여겨졌다.

그래서 나는 묘안을 생각해 냈다. 편지로 말을 대신하자는 생각이었다. 그건 과연 묘안처럼 여겨졌다. 그러나 편지를 쓴다는 것도 그리 쉬운 일만은 아니었다. 쓸 낱말을 고르는 것이 그렇게 힘들 수가 없었다. 그러나 나는 결국 편지를 쓰는 데 성공했다. 무려 일주일 이상 끙끙대며 편지에 매달린 끝에…….

나는 편지에다 이렇게 썼다.

'나는 널 좋아한다. 그러나 내가 말을 걸어 그런 사실을 고백하면 네가 무안하게 생각할지 몰라 걱정이다. 그래서 이렇게 편지로 고백한다. 그러니 너도 내가 싫지 않다면 나를 만날 때 손에 손수건을 들고 있다가 입에 갖다 대 주면 좋겠다. 그러면 나도 안심하고 너에게 말을 걸겠다…….'

대충 이런 내용이었다. 나는 그 편지를 학교에서 배우는 시저의 《갈리아 전기》 속에다 꽂아 두었다. 아침에 그 여자애를 보면 그걸 꺼내 주려고 생각하면서……. 그러나 그 일도 생각했던 것과 달리 쉽지 않았다.

첫날에는 엄두도 못 내고 그냥 지나쳐 버렸다. 다음 날은 미리 단단히 벼르고 편지를 손에 쥐고 있었지만, 여자애가 보이자 편지를 얼른 주머니 속에다 집어넣고 말았다.

라이텔은 그런 나를 보고 날마다 성가시게 독촉했다.

"여느 때는 용감한 네가 이런 일에는 왜 그렇게 형편없는 겁쟁이가 되어 버리는 거야? 그러다가는 그 편지가 네 주머니 속에서 아주 걸레가 되어 버리겠다. 그러면 너는 또 편지를 쓰는 데 시간이 걸릴 것이고, 그러는 동안 그 여자애는 어디론가 시집을 가서 애 엄마가 되어 있을 거다……."

이러면서 내일 당장 편지를 전해 주라고 성화였다.

연애편지 사건

 나는 편지를 전하겠다고 굳게 마음먹었다. 그런데 다음 날은 그 여자아이가 친구와 함께 있었다. 그래서 또 편지를 주지 못했다.

 나는 속이 상해서 편지를 라틴 어 책 사이에 꽂아 두었다. 나는 내가 너무 겁을 집어먹은 것에 관해 스스로 벌을 주기로 했다. 그 여자애에게 말을 걸어 모든 것을 고백한 뒤 편지를 주겠다고 스스로 맹세를 한 것이다.

 라이텔도 그렇게 하지 않으면 나는 영원히 못난이로 남을 거라고 말했다. 나도 그 점을 인정했고 마음을 단단히 다잡았다.

 그렇게 마음을 굳힌 것은 공부 시간 중이었다. 마침 라틴 어

시간이었다. 나는 선생에게 지명을 당해서 먼저 책을 읽던 아이의 뒷부분을 읽어야 했다. 나는 그 여자아이 생각을 하고 있었기 때문에 먼저 아이가 어디까지 읽었는지, 그리고 지금 몇 과를 배우는지조차 몰랐다. 창피해서 얼굴을 붉히고 있었는데, 선생은 뭔가 눈치를 채고 나에게 다가왔다. 나는 얼른 책장을 넘기면서 옆의 아이를 툭 치며 물었다.

"이런 빌어먹을! 야, 어디 읽을 참이냐?"

그러나 그 바보 같은 녀석이 너무 작은 소리로 말해 주어서 잘 알아들을 수가 없었다. 선생은 벌써 내 옆에 와서 서 있었다. 그때 갑자기 편지가 책갈피 사이에서 빠져나와 마룻바닥에 떨어져 버렸다. 봉투 색깔이 분홍색이라 그것은 예사롭게 보이지 않았다.

나는 얼른 편지를 발로 밟으려고 했다. 그러나 선생이 먼저 허리를 굽혀 그것을 줍고 말았다. 더구나 편지엔 프란츠가 가져온 향수도 몇 방울 뿌렸기 때문에 냄새까지 요란했다.

그것을 집어 든 선생의 두 눈이 쑥 튀어나왔다. 마치 금방이라도 쏟아질 것처럼……. 선생은 우선 냄새부터 맡았다. 그를 위해 뿌린 향수가 결코 아니었는데도 말이다.

그러고 나서 그는 나를 아래위로 훑어보았다. 그리고 천천히 봉투를 뜯고 편지를 끄집어냈다. 그리고 다시 한 번 나를 훑어

보았다. 꼬투리를 잡았다고 좋아하는 그 꼴이라니! 그는 큰 소리로 편지를 읽기 시작했다.

"충심으로 친애하는 아가씨, 저는 진작부터 아가씨와 친하게 지내고 싶었습니다. 그러나 제가 말을 걸면 아가씨를 괴롭히게 될지도 모른다는 생각이 들었습니다. 그래서 감히 그렇게 하지 못하고, 이렇게 먼저 글로써 제 마음을 전합니다……."

손수건 이야기가 나오는 대목에 이르자, 그는 웅얼거리며 편지를 빨리 읽었다. 그래서 다른 아이들은 그게 무슨 얘기인지 제대로 알아듣지 못했다.

이런 경우를 불행 중 다행이라고 하는 것인지도 몰랐다. 그는 편지를 다 읽고 나더니 한동안 입을 꾹 다문 채 고개만 천천히 끄덕였다. 이윽고 그가 입을 열었다.

"이 한심한 녀석아, 이제 집으로 돌아가 기다려라. 자세한 이야기는 앞으로 듣게 될 테니."

나는 그때 책을 벽에다 집어 던지고 싶을 정도로 화가 났다. 그러나 다음 순간, 나는 아무 일도 일어나지 않을 수 있다는 생각을 했다. 편지에는 내가 그저 어떤 아가씨에게 반했다는 것 외에 다른 나쁜 내용은 전혀 씌어 있지 않았으니까. 그리고 내가 누구에게 반하든 말든 그건 선생과는 아무 상관도 없는 일 아닌가.

그러나 사태는 점점 고약하게 흘러갔다.

다음 날, 나는 즉시 교장 선생에게 불려 갔다. 그는 커다란 공책을 펼치더니, 내가 말하는 것을 거기에다 빠짐없이 적어 넣었다.

그는 우선 그 편지를 누구에게 쓴 것이냐고 물었다. 나는 그 편지가 누구를 대상으로 정하고 쓴 것이 아니라, 그저 장난삼아 한번 써 본 것일 뿐이라고 말했다. 다행히 나는 받는 사람의 이름을 편지 어느 구석에도 써 넣지 않았던 것이다.

그러나 교장은 새빨간 거짓말이라고 고함을 질렀다. 네가 그렇게 말한다면 넌 아주 몹쓸 놈일 뿐만 아니라 비겁하기도 하다는 것이었다.

나는 화가 나서 도대체 그 편지에 씌어 있는 어느 부분이 그렇게 몹쓸 내용이냐고 대들었다. 교장은 못된 여자아이에게 편지를 쓰는 것부터가 망나니짓이라고 떠들었다.

여기서 그만 나는 덫에 걸리고 말았다. 난 그 아이는 결코 못된 여자아이가 아니라 아주 얌전한 여자아이라고, 그만 내 입으로 비밀을 폭로하고 만 것이다. 그러자 교장은 히죽 웃으며 그 참한 여자아이가 도대체 누구냐고 물었다.

나는 입을 다물고 대답하지 않았다. 그는 자꾸 여자아이의 이름을 캐물었다. 그래서 나는 명예를 존중하는 사람은 곤경에서 벗어나기 위해 남에게 피해를 주어서는 안 된다고 대답했다. 그리고 그런 행동을 강요하는 것은 결코 교육자답지 못한 행동이란 말도 잊지 않았다. 그러자 교장은 표정이 험악해지면서 나를 잡아먹을 듯이 노려보았다.

"좋다. 그동안 나는 늘 온정을 지니고 네놈을 대해 왔지만, 이젠 참을 수 없다. 너는 우리 꽃밭에 난 독버섯 같은 놈이야. 이제 너를 뿌리째 뽑아 버리고 말겠다. 아주 송두리째 말이야! 네놈이 아무리 버텨도, 난 네 녀석이 누구에게 이 편지를 쓴 것인지 잘 알고 있다. 이 멍청한 자식아!"

그날 오후에 내 문제로 교직원 회의가 열렸다. 교장 선생과 신학 선생은 나를 퇴학시키려고 날뛰었다. 학교 급사가 그 이야기를 전해 주어서 나는 그 내용을 자세히 알게 되었다. 그러나 다른 선생들이 나를 구원해 주었다.

나는 여덟 시간 감금이라는 징벌을 받게 됐다. 나는 그것으로 일단 일이 끝난 줄 알았다. 그 정도라면 대단한 것도 아니었기 때문에 별로 마음이 쓰이지 않았던 것이다. 그런데 그 사건의 여파는 그걸로 끝난 것이 아니었다.

며칠 뒤 나는 루푸 씨의 편지와 함께 어머니의 편지를 받았다. 루푸 씨의 편지에는 매우 섭섭한 일이지만, 이제 나를 초대할 수 없다고 씌어 있었다.

교장 선생이 내가 그 어리석은 연애편지를 그의 딸에게 썼다고 알려 왔다고 했다. 자기는 그런 일이라면 아무렇지도 않게 생각할 수 있고, 내가 나이만 좀 더 먹었다면 딸과 사귀도록 허락할 수도 있지만, 자기네 딸이 창피스럽다고 길길이 날뛰었기 때문에 그런 조치를 취했다는 것이다.

나는 교장의 비열한 행위에 너무 화가 났고, 도저히 참을 수 없어서 울어 버렸다. 그러고는 그를 찾아가 따지기로 했다.

그러나 나는 다시 발길을 돌려 루푸 씨 댁으로 찾아갔다. 루푸 씨는 마침 집에 있었다. 나는 모든 것을 사실대로 이야기했다. 그러나 그는 다 듣고 나서도 내 말을 믿지 않았다.

"너는 형편없는 말썽꾸러기야. 나는 그걸 잘 안다. 하지만 난 그런 문제 따위는 아무렇지도 않게 생각해. 너희 아버지도 그랬고, 나 역시 그랬으니까. 하지만 너는 내 딸을 데려가기엔 좀 어리다고 생각하지 않니?"

그러면서 그는 여송연을 한 주먹 집어 주며 이제 조용히 집으로 돌아가라고 말했다. 그는 내가 하는 말을 전혀 믿지 않았고, 두 번 다시 나를 초대하지 않았다.

세상 사람들은 교장 선생이 거짓말을 한다는 건 있을 수 없는 일이라고 믿는다. 거짓말은 늘 학생들이나 하는 것이라고 생각한다. 그러나 오히려 정말 나쁜 거짓말은 교장 선생같이 높은 사람들이 더 잘한다는 것을 난 알고 있었다. 나는 학교를 졸업하고 대학에 들어가는 날에, 이 비열한 악당을 흠씬 두들겨 패 주겠다고 맹세했다.

이 일로 나는 오랫동안 불쾌했고 마음이 울적했다.

그 뒤로 한번은 길거리에서 루푸 씨의 딸을 만났다. 그 여자는 그때 자기 친구들 두세 명과 함께 있었다. 그때 그 여자들은 팔꿈치로 서로를 쿡쿡 찌르면서 킬킬거렸다. 그리고 뒤돌아보면서 계속 웃어 댔다.

나는 대학에 가서 멋진 청년이 되어 저들에게 복수하리라고 생각했다. 내가 학생회장이 되어 무도회를 열면 저 바보 같은 여자들은 나와 춤을 추고 싶어서 몸이 달 것이다. 그러나 그때 나는 저 바보 같은 것들을 본 체도 않을 것이다.

그러나 아무리 그런 상상을 해도 내가 그 즐거운 일요일을 뺏긴 손해는 만회할 수가 없었다.

젬멜마이어 대위

 어느 날 신문에 젬멜마이어 대위와 그의 부인이 불량소년들을 옳은 길로 인도하고 좋은 학생으로 만든다는 기사가 실렸다. 그는 장교 출신이고, 그의 부인은 보모이기 때문에 그런 일을 잘할 수 있다는 것이었다.

 그래서 내가 그리로 끌려가게 되었다. 사실 어머니는 원래 그렇게까지 할 생각이 없었다. 하지만 다른 사람들은 모두 그렇게 하는 것이 하느님의 계시이며, 나를 올바른 사람으로 만들 수 있는 최후의 수단이라고 말했다. 그래서 어머니는 젬멜마이어 대위가 그렇게 할 수 있을지 직접 물어봐야겠다고 마음먹고 나를 그 집으로 데리고 갔다.

그는 시내에 있는 건물 5층에 살고 있었다. 어머니는 층계를 오르면서 숨이 가빠 계단 중간에 멈춰 서서 숨을 헐떡이며 심호흡을 했다. 그러면서 당신이 나를 데리고 이렇게 여기저기를 헤매고 다니게 될 줄은 생각도 못했다고 했다.

우리는 5층으로 올라갔다. 초인종을 눌렀다. 하녀가 문을 열더니, 마치 누굴 잡으러 온 경찰관처럼 나를 바라보았다.

하녀는 우리를 응접실로 안내했다. 조금 있다가 문이 열리고, 한 남자와 그 부인이 들어왔다. 그 남자는 큰 키에 매우 허리가 굵었고, 수염을 배 위까지 기르고 있었다. 말할 때면 동그란 두 눈이 괴상하게 반짝거렸다. 슬픈 이야기를 할 때면 그는 눈꺼풀을 내리깔았다.

그는 아주 천천히 말했다. 한 마디 한 마디 할 때마다 상당한 시간이 걸렸다. 그것은 말이 콧구멍으로 새어 나왔기 때문이다.

그는 코가 유달리 컸다. 그는 전혀 내 마음에 들지 않았다. 그의 부인도 역시 마음에 들지 않았다. 그 부인은 아주 조그맣고 비쩍 마른 여자였다. 코가 노랬고 눈을 아주 재빨리 굴렸다. 말을 할 때는 입을 조금만 열고 마치 휘파람을 부는 듯한 시늉을 하면서 말했다.

그 남자는 어머니에게 말했다.

"산림 감독관 토마 씨 부인이 이렇게 찾아 주셔서 진정으로 영광입니다."

그러자 어머니는 이렇게 얘기했다.

"고맙습니다. 대위님의 교육 방법이 하도 유명하다고 해서 찾아왔습니다. 오기 전에 이미 편지를 써 보냈습니다만……."

그 남자는 편지를 읽어 잘 알고 있다고 말하면서 자기 손을 내 머리 위에 올려놓더니 이렇게 말했다.

"제가 이제 이 소년을 훌륭한 사람으로 만들어야 하겠습니다. 그렇지 않습니까?"

"꼭 그렇게 해 주셨으면 합니다. 제발 좀 잘되면 좋겠어요."

그 남자는 눈을 둥그렇게 뜨더니 모든 게 잘될 거라고 어머니한테 말했다. 또 그 부인은 이제까지 자기들이 150명이나 되는 소년들의 마음을 바로잡아 주었다고 말했다.

"희망이 전혀 없었던 소년이 훌륭한 사람으로 변한 경우도 많았어요. 예를 들어 판사나 장교 또는 대학생이 된 아이들도 많지요."

그 남자는 이런 말도 했다.

"그 아이들은 마음을 바로잡고 나면 저에 대해 무척 열광적으로 변하더군요. 그건 참 이상한 노릇이지요. 어저께도 중위 한 사람이 저를 찾아왔습니다. 그는 지금 기마병 부대에서 근무하고 있지요. 그렇게 된 것이 모두 제 덕분이라고 감사 인사를 하고 갔습니다."

어머니는 나를 보더니 이렇게 말했다.

"너도 정신 바짝 차리고 열심히 공부해라. 그리고 마음속으로 언젠가는 다시 대위님을 찾아와 감사 인사를 드리겠노라고 다짐하고 있으려무나."

그 남자는 자신에 찬 말투로 이렇게 말했다.

"이 아이도 언젠가 꼭 다시 옵니다. 언젠가 반드시 우리 집 현관문이 열리고 훌륭한 장교가 들어와서 '제가 바로 루트비히 토마입니다.'라고 말하면서, 이 늙은 젬멜마이어에게 손을 내밀고 악수를 청할 겁니다. 그건 의심할 여지가 없습니다."

"제발 좀 그렇게 된다면 얼마나 좋을까요."

어머니는 또 이렇게 말했다.

"당신은 장교셨지요? 그래서 그런지 당신의 말이 더욱 믿음직스럽군요."

갑자기 그는 수염을 손으로 붙잡더니 번쩍 치켜들었다. 그러자 가슴에 단 훈장이 보였다. 그는 그 훈장을 가리키면서 이렇게 말했다.

"저는 이 훈장을 국왕 폐하께 직접 받았습니다. 바로 도나우 강 근처의 뵈르트 전투에서 공을 세워 받은 것입니다."

그는 다시 수염을 내려뜨리더니 말했다.

"벤트하임 백작이 기다리고 있어서 그만 가 봐야겠습니다."

그의 말로는 그 백작도 자기가 바로잡아 준 사람이었다.

어머니가 말했다.

"대위님께서 이렇게 여러 가지로 저에게 희망을 북돋워 주셔서 저의 마음이 정말 기쁩니다. 고맙습니다."

그 남자는 다시 눈꺼풀을 내리깔고는 이렇게 말했다.

"저도 이 아이를 제 아들처럼 생각하며 교육하겠습니다."

그는 다시 손을 내 머리 위에 올려놓으면서 말했다.

"언젠가 이 소년이 이 늙은 젬멜마이어를 다시 찾아오는 날이 반드시 있을 겁니다."

그러고 나서 그는 나가 버렸다. 어머니는 그 부인에게 이렇게 말했다.

"제가 이제야 제대로 된 곳을 찾아온 것 같습니다. 앞으로 여러 가지 좋은 본보기를 보게 될 것 같습니다."

그러자 그 부인이 이렇게 말했다.

"서로 신뢰하는 것이 무엇보다 중요한 일입니다. 제가 저 아이를 돌볼 때 특히 주의해야 할 것이 있다면, 그것이 무엇인지 부인께서 말씀해 주시지요."

어머니는 한숨을 내쉬었다.

"우리 아이는 무척 착한 아이예요. 그런데 공부하는 것을 싫어하고 늘 딴짓만 하려고 해서 골치예요. 언제나 좋은 계획을 세우기만 하고, 실행은 전혀 하질 않아요."

그 부인이 말했다.

"그런 것은 다만 성격의 결함에 불과할 뿐입니다. 저의 남편이 그 정도는 충분히 교정할 수 있습니다."

자기 남편은 강철 같은 의무감을 갖고 있어서, 자기가 가르치는 소년들의 마음속에 그러한 의무감을 불어넣어 준다는 것이었다.

"우리 아이는 무척 고집이 세답니다. 엄격하게만 대하는 것보다는 온정으로 대하는 게 훨씬 더 효과를 얻을 것 같습니다."

그 부인은 고개를 끄덕이면서 이렇게 말했다.

"저의 남편은 친절하게 대할 수도 있습니다. 제 남편은 아주 마음씨가 고와서 어린아이들이 저절로 유순해진답니다. 모두들 자기 아버지로 삼고 싶다고 말할 정도지요."

어머니는 그 부인과 악수를 하면서 이렇게 말했다.

"부인께서도 우리 아이의 어머니가 되어 주시면 고맙겠습니다."

"그렇게 하겠습니다, 기꺼이."

그러면서 그 부인은 내 얼굴을 어루만져 주었다. 그러나 그 손가락들은 차디차고 축축해서 정말 기분이 나빴다.

달팽이 폐피

  어머니와 나는 집 안을 둘러보았다. 그 부인은 어머니에게 내 방을 보여 주었다. 방은 깨끗했으며 책장과 옷장, 침대가 갖추어져 있었다. 창문이 큼직했고, 여러 집이 내려다보였다. 어머니는 기쁜 표정으로 말했다.

  "이 방은 무척 밝고 깨끗해서 네가 공부만 열심히 할 수 있을 것 같구나. 옷장이나 책상은 네 손으로 잘 정리해야 한다. 그리고 창밖을 너무 자주 내다보면 안 된다. 네가 앞으로 열심히 공부하면 곧 집으로 돌아올 수 있을 거야."

  나는 정말 마음을 바로잡고 그렇게 행동해야겠다고 생각했다. 나는 벌써부터 집 생각이 났고, 이 부인이 전혀 마음에 들지 않았던 것이다. 나는 집에 돌아가고 싶었다.

어머니는 그 대위 부인에게 이렇게 물었다.

"이 댁에 다른 소년들도 있습니까?"

"남작이 두 사람 있고, 다른 사람이 세 명 더 있어요. 아마 백작이 한 명 더 올 겁니다. 그 가운데 두 사람은 지금 3년째 여기 있답니다. 또 세 사람은 이제 1년째 공부를 하고 있는데 상당히 마음을 바로잡은 것 같아요. 다만 한 사람만은 아주 말을 듣지 않아서 저의 남편이 가끔 한밤중에 감시를 하지 않으면 안 된답니다. 어떻게 하면 그의 마음을 바로잡을 수 있을지 항상 연구하고 있답니다."

그 부인이 나를 보면서 말했다.

"그 아이와 사귀면 안 된다."

그 아이 이름은 막스라고 했다. 아버지는 중위였는데, 전쟁 중에 총에 맞아 죽었다고 했다.

어머니가 그 부인과 나에게 이렇게 말했다.

"자세히 가르쳐 주셔서 고맙습니다. 넌 이분들 말씀 잘 듣고 정직한 사람들하고만 사귀어야 한다."

어머니는 그 부인에게 오늘은 나를 집에 데리고 갔다가 내일 아침에 짐을 꾸려서 다시 데리고 오겠다고 말했다.

우리는 집을 나왔다. 층계 위에서 어머니가 나를 보고 이렇게 말했다.

"엄마는 이제야 네가 젬멜마이어 대위의 가르침을 받아 딴사람으로 변하리라는 믿음을 갖게 됐다. 그분이 그렇게 많은 사람을 바로잡아 주었는데도 너를 그렇게 하지 못한다면, 나도 이제는 어떻게 해야 할지 모르겠구나."

나는 어머니와 같이 시내를 돌아다녔다. 어머니가 몇 가지 물건을 살 게 있었던 것이다. 어머니는 길거리에서 지나가는 대학생만 보아도 나한테 이렇게 말했다.

"너도 꼭 대학생이 되겠다고 결심해야 한다."

악대와 함께 사병들이 행진을 했다. 악대 뒤에는 손에 칼을 든 장교가 뒤따랐다. 그때 어머니는 또 이렇게 말했다.

"네가 젬멜마이어 씨의 말을 잘 들으면 언젠가는 저렇게 악대와 같이 행군할 수 있을 거야. 그러니까 너도 마음을 굳게 먹어야 한다."

오후에 어머니와 나는 산림 감독관 한스 씨를 방문했다. 그는 시에서 아주 멀리 떨어진 곳에 살고 있었다. 그의 집은 넓은 정원으로 둘러싸여 있었다. 그곳은 우리 집 못지않게 아름다웠다. 작은 개가 짖고 있었고, 현관에서 담배 냄새가 풍겨 나왔다.

방 안에는 사슴뿔이 많이 걸려 있었다. 한스 씨는 우리가 찾아가자 무척 반가워했다. 한스 부인은 커피와 과자를 내왔다.

한스 씨 부부는 어머니와 함께 앉아 예전에 우리 아버지가 살아 계셨을 때의 이야기를 나누었다. 한스 씨는 우리 아버지와 가장 가까운 친구였다는 것, 언제나 둘이 함께 다니곤 했다는 이야기를 했다. 그리고 한스 씨는 파이프로 나를 가리키면서 말했다.

"넌 산림 감독관 아들이니까 역시 숲에서 살아야 한다. 그래, 너도 그럴 생각이 있니?"

나는 이렇게 대답했다.

"저도 역시 그렇게 하는 게 가장 좋다고 생각합니다."

그러나 어머니는 이때 한숨을 내쉬면서 말했다.

"그런데 이 아이는 공부하기를 싫어한답니다."

한스 씨는 큰 소리로 이렇게 말했다.

"얘야, 내가 산림 감독관이 되려고 얼마나 열심히 공부했는지 아니? 그렇게 해도 어려워!"

그러면서 한스 씨는 내가 지금 어디 있느냐고 물었다. 어머니는 내가 라틴 어 학교에 다닌다는 것, 그러나 공부라고는 전혀 하지 않는다는 것 등을 털어놓았다. 사람들이 그게 모두 자기가 아들에게 엄하게 하지 않는 탓이라고 말해서, 이번에는 나를 젬멜마이어 대위한테 데리고 갔다는 얘기도 했다. 그는 학생들을 잘 다룬다는 것, 그래서 내가 내일 그곳으로 가게 되었다는 이야기도 했다.

그러자 한스 씨가 껄껄 웃으며 말했다.

"나는 그 젬멜마이어 대위가 그렇게 훌륭한 선생이라는 얘기는 전혀 들어 본 적이 없는데요."

어머니는 그 말을 듣고 이렇게 설명했다.

"그는 선생이 아니고, 다만 소년들에게 굳은 의무감을 심어 준대요. 또 보모인 그의 부인에게서는 예의범절을 배우게 된다는군요."

한스 씨는 파이프를 물더니 담배 연기를 엄청나게 많이 내뿜었다.

그러면서 그가 물었다.

"혹시 그 대위 이름을 어떻게 쓰는지 아세요? 그 이름의 철자가 어떻게 되는지 언뜻 잘 떠오르지 않는군요."

어머니가 대위의 이름 철자를 말했다.

한스 씨는 그걸 듣고 나서 입에서 파이프를 빼더니 "젬멜마이어, 젬멜마이어……."라고 여러 번 되뇌었다.

어머니가 한스 씨에게 물었다.

"혹시 그 사람을 잘 아세요?"

한스 씨는 그가 같은 사람인지는 모르겠으나, 전쟁 때 자기 부대에 요셉 젬멜마이어라는 중위가 한 사람 있었다고 말했다. 그러면서 그는 이런 말을 들려주었다.

"그자는 너무 멍청해서 사병들까지 모두 그 녀석을 '달팽이 페피'라고 불렀지요. 그 작자는 총소리가 났다 하면 어디론가 얼른 기어 들어가서 숨곤 했습니다. 그러나 설마 두 사람이 같은 사람은 아니겠지요."

"젬멜마이어 대위는 아주 똑똑하고, 다른 사람들이 모두 그를 칭찬하는 것으로 봐서 전쟁 중에 만나셨던 그 사람은 아닐 거예요. 저는 그 사람을 찾아가게 된 것과 우리 아이가 그 사람을 어렵게 여기게 된 것을 하느님께 감사하고 있답니다."

한스 씨가 웃으며 말했다.

"아마 그 사람이 옛날 그 달팽이 페피는 아닐 겁니다."

커피를 마시고 우리는 그 집을 떠났다. 돌아오는 길에 어머니가 나에게 말했다.

"그분은 사냥꾼이라서 가끔 그렇게 아이들에게 적당하지 않은 농담을 잘 한단다."

나는 젬멜마이어 대위가 눈을 둥글게 굴리던 모습을 떠올리며, 틀림없이 그가 그 달팽이 페피일 것이라고 생각했지만 어머니에게는 아무 말도 하지 않았다.

막스와 친구가 되다

 다음 날, 우리는 다시 젬멜마이어 씨의 집으로 갔다. 어머니가 그 부인에게 이렇게 말했다.

 "이제 이 아이를 부인의 손에 맡기겠어요. 빨래는 꼭꼭 모았다가 저희 집으로 보내 주세요."

 젬멜마이어 씨에게는 또 이렇게 말했다.

 "저는 대위님 덕분에 여러 가지 희망을 갖게 되었습니다."

 젬멜마이어는 어머니에게 손을 내밀고 천장을 한 번 쳐다보더니 이렇게 말했다.

 "저는 인간의 힘이 닿는 데까지는 노력할 것입니다. 하지만 그보다 하느님의 은총이 필요합니다."

어머니는 내게 키스를 해 준 뒤 층계로 나갔다. 그러더니 다시 돌아와서 젬멜마이어 씨에게 말했다.

"저는 이 아이가 마음을 바로잡을 것이라 믿고 있습니다. 기쁜 마음으로 돌아가겠습니다."

어머니는 그 집을 떠나갈 때 울었다. 순간 나는 집 생각이 간절해졌다.

'내가 그동안 집에서 열심히 공부했더라면, 지금 이렇게 남의 집에 있게 되지는 않았을 텐데……'

어머니가 가고 내가 혼자 남게 되자, 부인은 갑자기 태도가 거칠어졌다. 그 부인은 나를 어느 방으로 안내했다. 그 방은 복도 쪽으로 창문이 딱 하나 있어서 전날 본 방처럼 밝지 않았다. 그래서 나는 어제 우리가 본 방에 있고 싶다고 말했다. 그러자 그 부인이 말했다.

"그 방은 앞으로 오는 백작이 쓰게 될 거야. 그러니까 너는 지금 이 방에 있어야 한단다. 나중에 다른 방을 쓰게 해 줄 거야."

나는 너무 속이 상해서 아무 말도 하지 않았다. 나는 짐을 푼 다음 내가 늘 입고 다니던 옷을 바라보았다. 그 옷들이 갑자기 무척 아름답게 보여서 나는 식사를 하러 갈 때까지 방 안에서 마냥 울었다.

같이 식사를 하는 아이들은 셋이었고, 젬멜마이어 부부도 그

자리에 함께 있었다. 젬멜마이어는 이렇게 말했다.

"하느님께서 이 음식에 복을 내려 주시도록 다들 일어나서 기도하자."

그러나 그 음식이란 것은 기껏 우유에 쌀을 섞어 끓인 죽이었다. 나는 그런 음식을 좋아하지 않았다.

나는 도대체 다른 아이들 꼴은 어떻게 생겼나 궁금해져서 그들을 유심히 바라보았다.

그 아이들 중 하나는 빨간 머리에 주근깨가 있었고 이름은 벤더린이라고 했다. 난 그 애가 마음에 들지 않았다. 또 다른 아이는 머리카락이 얼굴에 찰싹 붙어 있었는데 마룻바닥만 내려다보고 있었다. 그 아이는 알폰스였다. 그 아이도 역시 내 마음에 들지 않았다. 또 다른 아이가 하나 있었는데, 그 아이는 재미있다는 듯이 나를 빤히 쳐다보았다. 그 아이가 막스였다.

나는 내 힘으로 그 아이들을 붙잡아 내동댕이칠 수 있는지를 마음속으로 저울질해 보았다. 벤더린이나 알폰스 따위를 땅바닥에 내동댕이치는 것쯤은 별로 어렵지 않다는 걸 금방 알 수 있었다. 그러나 막스는 나만큼이나 덩치도 크고 힘도 세 보였다.

젬멜마이어는 이렇게 말했다.

"너는 이제 이 훈육소의 신입생이니까 다른 아이들에게도 소개하겠다. 너희들은 이 아이에게 좋은 본보기가 되도록 특별히 주의해야 한다. 그리고 너는 새로 왔으니까 좋은 본보기만 잘 보고 따라야 한다."

그 부인도 나서서 내게 이렇게 말했다.

"그렇게 쌀죽을 휘젓지만 말고 잘 먹어야 한단다. 그렇지 않으면 너는 편식하는 버릇을 고치지 못하게 될 거야."

그래서 나는 말했다.

"저는 쌀을 전혀 좋아하지 않아요."

그러자 그 부인이 이렇게 대답했다.

"음식을 두고 좋다 나쁘다 말해선 안 된단다. 아이들은 어른이 주는 것을 가리지 않고 잘 받아먹어야 해."

그러자 젬멜마이어가 말을 받았다.

"쌀은 영양분이 무척 많은 음식이다. 아시아에서는 모든 나라 사람들이 쌀을 먹고 산다. 고기를 먹는 백성은 쌀을 먹는 나라 백성들만큼 훌륭한 병사가 되지 못한다."

그러면서 자기는 구운 고기에다 감자를 곁들여 먹고 있었다.

식사를 마치고 그는 또다시 하느님께 이런 음식을 내려 주셔서 감사하다고 기도를 드렸다. 그러고 나서 그는 방을 나갔다. 그래서 우리도 잠시 바깥으로 나갈 수 있었다.

나는 아이들과 함께 밖으로 나갔다. 층계에서 막스가 날 보더니 자기와 함께 가자고 말했다. 그래서 나는 그 아이를 따라갔다. 우리는 풀밭으로 함께 걸어가서 벤치에 나란히 앉았다.

막스는 나에게 너희 아버지는 어떤 사람이냐고 물었다. 그래서 나는 이렇게 말했다.

"우리 아버지는 돌아가셨지만, 전에는 산림 감독관이었어."

막스도 자기 아버지 이야기를 했다.

"우리 아버지는 군대에서 중위였는데, 프랑스군과 싸우다 죽었어."

그 아이가 나를 보고 자기 팔을 굽힐 수 있나 시험해 보라고 했다. 나는 그렇게 해 봤지만 성공하지는 못했다. 그러나 막스도 역시 내 팔을 굽히지는 못했다. 그러자 막스는 앉아 있던 벤치를 뛰어넘더니 나보고 그렇게 흉내를 내 보라고 했다. 나는 그 정도는 쉽사리 뛰어넘었다. 그랬더니 이번에는 물구나무를 서서 걸어 보라는 것이었다. 그래서 나는 수레바퀴처럼 빙빙 돌아서 전진하는 몸짓을 보여 주었다. 그러자 막스는 내가 마음에 든다고 말하면서 자기를 좀 도와 달라고 했다. 그래서 나는 이렇게 말했다.

"나도 네가 마음에 들어. 사실 나는 곧 이렇게 될 줄 알았어. 왜냐하면 젬멜마이어 부인이 너하고는 친하게 지내지 말라고 그랬거든."

내 말을 듣더니 막스가 말했다.

"그 부인은 아주 인색하고 치사한 여자야. 먹을 것을 변변하게 주지도 않고, 오히려 우리들이 먹을 것을 뜯어서 돈을 벌려고 든단 말이야."

그래서 나는 이렇게 물었다.

"그 젬멜마이어라는 사람은 좀 어떠니?"

막스가 대답했다.

"젬멜마이어는 정말 바보야. 아이들 걱정이나 돌보는 일은 전혀 하지도 않아. 그러면서 부모들이 찾아올 때만 마치 자기가 아이들을 교육하는 것처럼 꾸며 댄단 말이야."

그래서 내가 말했다.

"그 사람이 어제 우리 어머니에게 그랬어. 자기 밑에서 교육 받은 사람들이 나중에 장교가 되어 자기를 찾아와서 인사를 하고 간다고 말이야."

막스는 이렇게 말했다.

"그 작자는 언제나 그런 말을 해서 부모들을 속여. 하지만 앞으로 이삼 주만 더 있으면 아마 누구나 현기증밖에 안 난다는 걸 알게 될 거야."

그래서 나는 한스 씨에게서 들은 달팽이 페피 이야기를 들려주었다.

그러자 막스는 배꼽이 빠지도록 웃으며 말했다.

"그 사람 이름이 바로 요셉 젬멜마이어야. 그 사람이 바로 달팽이 페피일 거야. 틀림없어. 그리고 말이야, 알폰스나 벤더린을 조심하지 않으면 안 돼. 그 애들은 들은 이야기를 빼놓지 않고 젬멜마이어에게 모두 고자질해. 그래서 우리 둘은 서로 협력하지 않으면 안 된다는 걸 알아야 해. 내 마음에 드는 사람이 생겨서 매우 기뻐."

배가 고파요

 젬멜마이어 집에서 한 달쯤 지내자 나는 이곳이 정말 견디지 못할 곳이라는 것을 분명히 깨달았다. 무엇보다도 그 부인은 먹을 것을 아주 조금밖에 주지 않았다. 내가 배고프다는 말이라도 하려고 하면 젬멜마이어는 훈계랍시고 이런저런 말을 길게 늘어놓곤 했다.

 "젊은 사람들이 그렇게 먹을 욕심만 앞세우다니 장차 우리 독일이 어떻게 될지 걱정이다. 나는 전쟁에 나가 사흘 동안 아무것도 먹지도 마시지도 못하고 버틴 적도 있다. 나흘째 나온 음식이라는 것도 고기는 전혀 없는 수프와 곡식 가루뿐이었다. 하지만 그때도 나는 아무렇지 않았다……."

그는 자기가 그렇게 버틸 수 있었던 것은 자기가 조국을 사랑하는 정신이 투철했기 때문이라는 것이었다. 그는 젊은 사람들이 언제나 먹을 것만 밝히면 독일은 장차 망할 수밖에 없다고 말했다.

그런 얘기를 하고 난 뒤에 그는 언제나 술집에 가서 맥주를 사 마시곤 했다. 그가 그렇게 술을 사 마시는 돈이 우리 부모에게서 긁어 낸 것이라는 사실을 생각하면 정말 속이 뒤집힐 지경이었다.

그자는 아이들에게는 전혀 관심이 없었다. 그는 우리가 공부를 하는지 안 하는지조차도 몰랐다. 다만 데리고 있는 학생들 가운데 누군가 학교에서 벌을 받고 와서 자기가 그 처벌 쪽지에 서명을 할 때만 우리를 걱정하는 체했다. 받아 온 처벌 쪽지에 그 학생이 무례한 짓을 해서 두 시간 동안 벌을 받았다고 쓰여 있으면, 그는 무슨 무례한 짓을 했느냐고 물었다. 그러면서 이렇게 지겹게 말했다.

"내가 공부할 때는 그런 짓을 전혀 하지 않아서 나는 그런 것이 뭔지 전혀 모른다. 어떻게 그런 짓을 할 수 있는 거지? 난 왜 그런 짓을 하는지 도통 이해할 수 없단 말이야. 사람은 그런 무례한 짓을 하지 않고도 얼마든지 살 수 있는데……."

그는 그럴 때면 아주 오랫동안 잔소리를 늘어놓았다. 막스는 나에게 이렇게 말했다.

"그자는 우리에게 잔소리하는 걸 가장 큰 기쁨으로 생각할 거야. 그 작자는 자기 마누라한테는 끽소리도 못하고 조용히 듣고만 있거든."

특히 목요일이면 언제나 멀건 수프를 먹어야 했다. 그때마다 젬멜마이어는 이렇게 말했다.

"너희들이 정말 스파르타 사람답게 될 수 있는지 인내를 시험해 보는 것이다."

물론 우리는 스파르타 사람이 아니었다. 그래서 나는 항상 배가 고팠다. 나는 집에 이런 내용을 적은 편지를 보냈다. 어머니는 곧 나에게 답장을 써 보냈다.

그러나 어머니는 무슨 일을 비밀로 하는 것을 견디지 못하는 성격이었다. 당연히 젬멜마이어 씨에게도 나의 불만을 그대로 써 보냈다. 어머니는 그 편지에 젬멜마이어 씨가 나의 식욕이 왕성하다는 것을 미처 모르셨던 모양이라고 썼다.

아침 일찍 그는 나를 불렀다. 그는 방 안에 서 있었고, 그의 부인은 소파에 앉아 있었다. 그 부인은 나를 보자마자 대뜸 이렇게 야단을 쳤다.

"왜 배가 고프다고, 그런 거짓말을 써서 편지를 보낸 거지?"

"그건 거짓말이 아닙니다. 저는 정말 배가 고파요. 멀건 수프만 얻어먹는데 어떻게 배가 고프지 않을 수가 있나요?"

그러자 부인이 버럭 소리를 질렀다.

"너는 버르장머리가 없어. 생김새부터가 버르장머리 없게 생겼지. 오자마자 막스 같은 녀석과 친해진 것만 봐도 얼마든지 그걸 알 수 있어. 너는 마치 아이들이 다 굶주리고 있는 것같이 네 어머니에게 편지를 써 보내서 우리 부부를 의심하게 만들었어."

나는 이렇게 말했다.

"제가 배고픈 것은 누가 뭐래도 사실입니다. 그런 이야기쯤이야 얼마든지 어머니에게 할 수 있다고 생각합니다."

그러자 그 부인이 자기 남편에게 소리를 질렀다.

"우리를 의심하는 이 나쁜 놈에게 뭐라고 따끔하게 말 좀 해요."

그러자 젬멜마이어가 내 앞으로 바짝 다가오더니 이렇게 말했다.

"나를 한번 쳐다봐라!"

나는 그를 쳐다보았다. 그는 수염을 번쩍 쳐들고 손가락으로 훈장을 가리키면서 물었다.

"이게 도대체 뭐냐?"

나는 자신 있게 대답했다.

"그것은 놋쇠입니다."

그는 눈을 무섭게 부릅뜨더니 소리를 질러 댔다.

"이건 최고 무공 훈장이란 것이야. 만약 너처럼 남몰래 편지에다 멀건 수프 얘기나 쓰고 있었으면, 내가 어떻게 이런 것을 받을 수 있었겠니? 결코 그럴 수 없는 법이다. 훌륭한 사람이 되려면 스파르타 사람을 본받아야 해. 배고픈 것도 참고, 땀을 흘리고, 추위에 떨기도 하고, 친한 사람이 죽는 것도 눈앞에서 보는 경험을 해야지. 그래야 이런 훈장을 받을 수 있는 거다. 그것은 내 천성이 스파르타 사람 같으니까 그런 거야. 나는 젊은 사람들이 다들 이런 훈장을 받을 수 있도록 교육할 거야. 그리고 전쟁이 일어날 것에 대비해서 예비 훈련으로 목요일에는 멀건 수프를 먹어야 한단 말이다."

그는 계속해서 떠들었다.

"나도 날마다 너희에게 맛있는 고기를 구워 주고, 양껏 먹는 것을 보고 싶다. 그러면 내 마음도 무척 기쁠 것이다. 하지만 그렇게 했다가는 너희들이 스파르타 청년이 되지 못하고 향락에 빠져 사는 나약한 청년이 되지 않겠니. 그래서 그것이 걱정이 되어 주지 못한다."

그리고 또 그는 나에게 이렇게 말했다.

"만약에 네가 구운 고기나 먹으려고 든다면, 나는 너의 미래에 대해 아무것도 보장할 수 없어. 그러니 너의 어머님께 이런 편지를 다시 써 보내야겠어."

그 마누라도 내가 거짓말을 했으며, 자기들을 의심하는 버릇 없는 아이라고 편지를 써 보내야겠다고 했다.

나는 밖으로 나갔다. 문밖으로 나가려고 할 때 젬멜마이어가 다시 나를 부르더니 말했다.

"내가 너희를 이런 식으로 교육하는 이유는 너희들이 무공훈장을 받는 사람이 되도록 하기 위한 거야. 이런 사실을 너도 좀 생각해야 해."

나는 화가 나서 막스에게 그 이야기를 했다. 막스도 덩달아서 젬멜마이어에게 화를 냈다. 그러나 며칠 지나지 않아 나는 어머니에게 다시 편지를 받았다.

그 편지에는 다음과 같이 씌어 있었다.

'대위님이 모든 사실을 잘 설명해 주셨다. 너희들이 멀건 수프를 먹는다 해도 그것은 결코 돈을 아끼기 위해서 그런 것이 아니라, 그 자체가 교육이라는 점을 충분히 이해해야 한다. 너는 그런 것을 고통으로만 받아들이지 말고 오히려 너를 스파르타 사람으로 만들려고 하는 분 밑에서 교육받고 있다는 사실을 기쁘게 생각해야 할 것 같다. 그러나 네가 정말 그렇게 배가 고프다니 용돈을 보내마. 가끔 다른 가게에서 음식을 사 먹어도 괜찮지만 과자 따위를 사 먹어서는 안 된다. 그리고 늘 젬멜마이어 씨 같은 용감한 장교가 되겠다고 생각하고 열심히 공부해

야 한다.'

편지에는 둥글게 만 3마르크가 들어 있었다. 막스도 그 편지를 읽었다.

막스는 편지를 읽고 나서 말했다.

"너희 어머니도 젬멜마이어의 그럴듯한 말에 그대로 넘어가고 말았구나. 어쩔 수가 없어. 너희 어머니도 우리 말을 그대로 믿으면 안 된다고 생각하시는 모양이야."

그 뒤 3주일이 지났을 때 사건이 터졌다. 그 사건의 원인은 어머니가 내게 부쳐 준 바로 그 돈 때문이었다.

달걀 세례

 나와 막스는 가끔 사람들에게 조그마한 돌을 집어던졌다. 젬멜마이어 집에 감자가 있을 때는 그것도 이용했다.

 우리는 감자를 호주머니에 몰래 집어넣고, 학교 가는 길에 그것을 자동차에 던지거나 짐을 운반하는 일꾼들에게도 던졌다. 그러면 그것을 맞은 사람들이 화가 나서 날뛰었다.

 물론 그들은 감자가 어디서 날아왔는지 몰랐다. 알아차렸다 해도 그때쯤이면 우리는 벌써 멀리 달아나고 없었다.

 그런데 이번에는 막스가 나더러 달걀을 사자고 제안했다. 내게 어머니가 보내 준 돈이 있으니까 그런 제안을 한 것이었다. 달걀을 던지면 껍질이 깨지면서 노른자위가 흘러 엉망이 되니까 더 재미있을 거라고 했다. 나도 그게 좋겠다고 생각했다.

우리는 학교에서 돌아올 때 언제나 달걀을 샀다. 유리창에 달걀을 던지면 제대로 맞아도 유리창은 깨지지 않는다는 사실을 발견했다. 달걀이 깨져 유리창에 노랗게 묻은 것을 보면 사람들이 다들 웃어 댔다.

또 자동차 뒤에 달걀을 던지면 운전수는 알아차리지 못하고 그대로 달려갔다. 그러다가 사람들이 자기 차를 보고 자꾸 웃어 대면, 그제야 무슨 일인가 하고 주위를 살펴보다가 차에 깨진 달걀이 흘러내리는 것을 알고 놀랐다.

그러나 어깨에 짐을 메고 가는 사람에게 맞히면 그 사람은 소리를 금방 알아듣곤 걸음을 멈췄는데, 짐에 달걀이 묻은 것을 발견하자마자 지독하게 욕을 퍼부어 댔다.

이렇게 달걀을 던지는 것은 아주 재미가 있었다. 그러다가 그만 우리는 붙잡히고 말았다. 사실은 우리가 붙잡혔다기보다 알폰스 자식이 고자질을 한 것이다.

그날 우리는 학교가 파한 뒤 신문 매점에 가서 신문을 사 와야 했다. 그것은 젬멜마이어가 시킨 심부름이었다. 매점에는 주인 남자가 앉아 있었는데, 그는 아이들에게 아주 불친절했다. 누가 문을 조금만 세게 두드려도 버릇없는 놈이라는 둥, 개망나니라는 둥, 빌어먹을 자식이라는 둥 욕을 해 댔다. 그것이야말로 야비한 짓이었다.

매점에는 문이 뒤에 있어서 그는 금방 달려 나오기가 힘들었다. 나는 그 점을 이용해서 그자를 골려 줄 방법이 떠올라, 막스에게 그 생각을 이야기했다.

우리는 매점으로 다가갔다. 나는 손에 달걀을 쥐고 뒷문 옆에 가서 섰다. 막스는 신문을 달라고 할 것처럼 매점 앞으로 갔다. 막스는 주먹으로 창문을 세게 두드렸다. 그러자 역시 그자가 화를 내며 창문을 열었다. 그때 막스가 침을 뱉어 그 남자 얼굴을 침 범벅으로 만들어 버렸다. 주인 남자는 재빨리 일어나서 막스를 붙잡으려고 뒷문으로 나왔다. 그때 기다리고 있던 내가 달걀을 그의 얼굴에 던져 터뜨렸다.

달걀에 얻어맞은 그는 나를 잡을 것인지 막스를 잡을 것인지를 결정하지 못했다. 그가 생각을 정했을 때는 우린 이미 멀리 달아나고 있었다. 우리는 계속 더 멀리 달아났고, 신문은 다른 곳에서 사 가지고 집으로 돌아왔다.

식사를 마치고 막스는 잠을 자러 갔다. 나도 침대에 누웠다. 알폰스는 방 안에 남아 있었다. 나는 그때 아무 생각도 하지 못했다. 그런데 갑자기 방문이 열리더니 젬멜마이어와 그의 마누라가 들어왔다.

그때 나는 아직 잠이 들지 않았지만 자는 척하고 있었다. 젬멜마이어가 촛불로 내 얼굴을 비춰도 나는 눈을 뜨지 않았다. 그는 오랫동안 불을 비추더니 이렇게 중얼거렸다.

"이런 개망나니 같은 녀석!"

그러더니 그는 그냥 돌아서서 나갔다. 문턱에 서서 그는 또 이렇게 말했다.

"저 자식은 정말 한심한 놈이군."

그의 마누라도 말했다.

"저 자식이 우리 달걀을 훔쳐 간 거야. 나는 알 수 있어. 그동안 달걀이 없어졌던 이유를 이제야 알겠군."

다음 날 아침 일찍 그들은 나를 자기네 방으로 불렀다. 젬멜마이어는 나에게 모든 것을 고백해야지, 그렇지 않으면 자기도 이제는 더 이상 나를 동정하지 않겠다고 말했다. 그러면서 나에게 사실대로 고백하라고 다그쳤다.

"도대체 무엇을 고백하란 말입니까?"

그 마누라가 소파에 앉아 있다가 고함을 질렀다.

"이 거짓말쟁이 자식아!"

그러자 젬멜마이어가 소리쳤다.

"너 도대체 달걀을 얼마나 훔쳤느냐?"

내가 다시 물었다.

"어디에 있는 달걀 말입니까?"

그때 그 마누라가 또다시 고함을 쳤다.

"부엌 바구니 안에 들어 있던 그 달걀 말이다."

그래서 나는 이렇게 말했다.

"저는 달걀을 하나도 훔치지 않았습니다. 저더러 뭘 훔쳤다고 말하면 저도 참을 수 없습니다."

그때 젬멜마이어가 떠들었다.

"그럼 도대체 달걀이 어디서 나서 신문 장수에게 던졌단 말이냐?"

"신문 장수라니요? 저는 그런 사람은 알지도 못합니다."

그는 이 모든 것을 기록해 놓아야겠다면서 수첩을 가지고 와서 뭔가 적더니 소리 내어 읽었다.

"그는 신문 장수를 모른다."

그러고 나서 다시 나에게 물었다.

"그럼 어느 닭장에서 집어 온 거냐?"

나는 이렇게 대답했다.

"저는 결코 그런 짓을 한 적이 없습니다."

그는 내 말을 또다시 적어 넣더니 이제는 증인을 세워야겠다고 말했다. 그러자 그 마누라가 소리를 질렀다.

"알폰스!"

그러자 알폰스가 방으로 들어왔다.

젬멜마이어가 알폰스에게 말했다.

"너는 거짓말이라곤 하지 않는 진짜 독일 소년이다. 그러니까 네가 본 대로 솔직하게 말해 봐라."

알폰스는 마룻바닥을 내려다보면서 나와 막스가 그 신문 장수 집에 갔다는 것, 나는 뒤에 있었고 막스는 앞에 있었다는 것, 그리고 그 남자가 나오자 내가 갑자기 달걀을 던졌다는 것 따위를 이야기했다.

젬멜마이어는 연필을 혓바닥에 대고 침을 묻히더니 증인이 거짓말을 했느냐고 나에게 물었다. 그래서 나는 이렇게 말했다.

"제가 그 사람에게 달걀을 던진 것은 사실입니다. 하지만 그 달걀은 제 돈으로 산 것입니다. 저희 어머니가 저에게 3마르크를 보내 주셔서 그 돈으로 산 것입니다."

젬멜마이어는 "하하!" 큰 소리로 웃더니 이렇게 말했다.

"이제 절반은 알아냈다."

나는 막스도 같이 있었으니까, 내가 달걀을 산 것을 잘 알고 있다고 말했다. 그러자 그 마누라가 가서 막스를 데리고 왔다. 젬멜마이어가 막스에게 말했다.

"막스, 너는 장교의 아들이다. 그러니까 거짓말을 하면 총살을 당한다는 것을 잘 알고 있을 게다. 달걀을 던진 것에 대해 아는 대로 다 말해라."

막스는 즉시 알폰스가 우리를 고자질했다는 것을 알아차렸다. 그래서 자기 역시 달걀을 던진 사실을 알고 있다고 말했다. 젬멜마이어는 그 말을 받아쓰더니 달걀을 어디서 구했느냐고 물었다. 막스가 대답했다.

"그 달걀은 우유 가게에서 산 것입니다."

내가 막스에게 말했다.

"젬멜마이어 씨는 내가 그 달걀을 훔쳤다는 거야."

그러자 막스가 이렇게 말했다.

"그건 절대 그렇지 않습니다. 우리 둘이 함께 달걀을 샀습니다."

그러자 그 마누라가 큰 소리로 고함을 질렀다.

"너희가 우리 집 달걀을 서른 개나 훔쳐 간 걸 다 알고 있다."

그러자 젬멜마이어가 나서서 말했다.

"판결은 내가 내릴 테니까 당신은 가만히 있어요."

그러면서 다시 수첩에다 뭐라고 적어 넣었다. 그러고 나서 그는 자리에서 일어나더니 그동안 적은 것을 소리 내어 읽었다. 즉 그는 우리를 다시 한 번 용서해 주며 학교에도 알리지 않겠다는 것이었다.

그 이유는 막스도 그 자리에 같이 있었고, 막스는 전쟁터의 이슬로 사라진 장교의 아들이므로 용서해 주어야 한다는 것이었다. 하지만 우리 어머니는 달걀 서른 개 값을 지불해야 한다는 것이었다. 나중에 그는 이런 말을 자세히 써서 어머니에게 편지를 보냈다.

젬멜마이어 부인은 이렇게 말했다.

"아이들을 좀 더 엄격하게 다루고 무섭게 대해야 해요."

그러나 젬멜마이어는 고개를 흔들면서 말했다.

"나는 전사한 옛 전우를 생각해서 차마 그렇게 할 수는 없어."

그리고 나서 우리는 그 방에서 쫓겨 나왔다. 나는 어머니가 달걀 서른 개 값을 억울하게 지불할 것을 생각하니 화가 나서 미칠 지경이었다. 그래서 나는 울었다.

나는 알폰스란 놈을 힘이 빠져서 더 이상 때리지 못할 때까지 죽도록 두들겨 패 주어야겠다고 막스에게 말했다. 그러자 막스가 나를 말리면서 말했다.

"그러면 그 자식은 또 학교에 가서 우리를 고자질할 테니까 그렇게 해서는 안 돼."

우리는 불꽃 폭약을 샀다. 밤중에 그것을 젬멜마이어 방 안으로 쏠 생각이었다.

만약 화약 로켓이 방 안에서 빙빙 돌면서 나오지 않고, 마치 적이 총을 쏘듯 불꽃을 뿜어 대면 참 재미있을 것이었다. 그리고 젬멜마이어 그 작자가 정말 자기 말처럼 용감한지 어떤지를 볼 수 있을 것이었다.

빈딩거 선생

 우리 집은 드디어 내가 다니는 학교가 있는 읍내로 이사를 왔다. 이사를 오자 내 담임 선생 빈딩거가 가정 방문차 우리 집에 찾아왔다. 그러더니 빈딩거는 그 뒤로 줄곧 우리 집을 드나들었다. 아마 여학교를 졸업하고 집에 와 있는 우리 큰누나 마리를 노리는 모양이었다. 그러나 집에서는 내가 모르게 하려고 쉬쉬했다.

 마리 누나는 평소에 나만 보면 욕을 퍼부었다. 어머니가 왜 그러느냐고 나무라도, 나더러 아무짝에도 쓸모없는 망나니라고 하면서 조금도 기세를 누그러뜨리지 않았다.

 그러던 마리 누나가 느닷없이 나에게 무척 상냥해졌다. 내가 학교에 갈 때면 현관까지 따라 나와 과자를 가지고 가서 먹으라는 둥, 옷깃이 구겨졌다며 바로잡아 주는 둥 이만저만 친절하게 구는 것이 아니었다.

어느 날인가는 나에게 새 넥타이를 사 주기도 했다. 지금까지는 내 옷차림을 보고 욕이나 퍼부었지, 한 번도 뭔가를 사 준 적이 없던 누나였다.

나는 그런 행동이 뭔가 의심스러웠지만, 좋은 게 좋다고 생각해 꼬치꼬치 캐려 들지 않았다. 마리 누나는 내가 학교에서 돌아오면 자주 이렇게 묻곤 했다.

"담임 선생님이 공부 시간에 너를 지목해 대답하라고 시키지 않니? 그 선생님이 너에게 친절하게 대해 주니?"

그러나 아무것도 몰랐던 나는 이렇게 냉정하게 쏘아 주곤 했다.

"누나가 나한테 무슨 관심이 있다고 나서고 그래? 괜히 몇 살 더 먹었다고 나한테 어른 행세할 생각은 꿈에도 하지 마. 난 누나 같은 사람은 상대도 하지 않을 테니까 말이야."

마리 누나는 갑자기 옷차림마저 달라졌다. 나는 그저 마리 누나가 또 새 옷을 사 입었구나 하면서 건성으로 지나쳤다. 처녀들은 남들에게 조금이라도 잘 보이려고 언제나 새 옷을 사 입고 싶어 안달이니까. 그러나 결국 시간이 좀 지나면서 나도 그 까닭을 알게 되었다.

우리 담임 선생 빈딩거는 나를 아주 못마땅하게 여겼고, 나도 그가 전혀 마음에 들지 않았다. 그 작자는 하고 다니는 꼴도 지저분했다. 그 모습을 보면 아마 아침마다 달걀 프라이를 해 먹는 모양이었다. 콧수염에 언제나 노른자가 덕지덕지 묻어 있었기 때문이다. 그리고 말을 할 때면 언제나 침이 튀었다.

빈딩거의 눈은 고양이 눈처럼 새파랬다. 학교 선생이란 작자들은 대개 다 못생겼지만 이 작자는 특히 심했다. 머리를 자주 감지 않아서 지저분했고 비듬도 많았다.

빈딩거가 맡고 있는 과목은 역사였다. 그는 수업 시간에 고대 독일 사람들의 생활에 관해서 이야기를 할 때마다 언제나 수염을 쓰다듬으며 목소리에 무게를 넣곤 했다. 그렇게 하면 우리가 자기를 마치 고대 독일 사람으로 착각할 줄 아는 모양이었다. 그러나 나는 우리 조상이 빈딩거처럼 배가 뚱뚱했고, 그렇게 신발을 질질 끌며 걸었으리라고는 믿고 싶지 않았다.

그는 다른 아이들이 잘못하면 그냥 야단만 치고 말았지만, 내가 잘못하면 아예 교실에 잡아 가두곤 했다. 그렇게 하는 것이 나의 장래를 생각해서 각별히 배려한 때문은 결코 아니었다. 그는 나에게 벌을 줄 때마다 이런 악담을 빼놓지 않았다.

"너 같은 녀석은 결코 이 사회에서 쓸모 있는 사람이 될 수 없다. 이 빌어먹을 자식아!"

그러나 빈딩거의 말처럼 과연 그렇게 될지는 앞으로 좀 더 두고 볼 문제였다. 나는 최소한 후손에게 볼품없는 조상이 되지 않을 자신이 있었다.

어느 날 마을의 합창단이 주최하는 무도회가 열렸다. 마리 누나는 그 무도회에 입고 가려고 연분홍 드레스를 맞춰 입었다. 그런데 바느질하는 여자가 일을 좀 늦게 마치자, 누나는 안달을 하며 화를 냈다.

어머니와 마리 누나는 모양을 한껏 낸 채 무도회장으로 득달같이 달려갔다.

다음 날 아침 식사 때, 어제저녁 무도회 이야기가 나왔다. 마리 누나가 나에게 말했다.

"루트비히야, 너희 빈딩거 선생님도 오셨더라. 정말이지 그분은 무척 매력적인 분이야!"

이 소리에 나는 약이 바짝 올랐다. 세상에 매력이 있을 인간이 따로 있지, 그게 빈딩거라니! 그래서 나는 마리 누나에게 그 고운 분홍빛 옷에다 그 작자가 달걀노른자나 침을 잔뜩 묻히지는 않더냐고 쏘아붙였다.

그러자 마리 누나의 얼굴이 갑자기 새빨개졌다. 그러더니 느닷없이 자리에서 일어나 문밖으로 달려 나갔다. 이어서 문밖에서 마리 누나가 우는 소리가 들려왔다.

나는 마리 누나가 아무래도 정신이 이상해졌나 보다고 생각했다. 그런데 뜻밖에도 어머니까지 마리 누나 편을 들고 나서는 데는 놀라지 않을 수 없었다.

"너, 선생님 얘기를 그렇게 버릇없이 하는 게 아니다. 마리 누나가 그런 얘기를 듣고 어떻게 참을 수가 있겠니?"

"도대체 그게 누나하고 무슨 상관이 있다는 거예요. 그자가 늘 지저분한 건 사실이라고요. 사실을 사실대로 말했는데 울다니! 그건 누나가 바보 같은 짓을 하는 거라고요."

약혼

 어머니는 이 일로 더는 소란을 피우기 싫은 모양이었다. 어머니는 나를 이렇게 달랬다.
 "마리 누나는 마음이 착하단다. 네가 공부라고는 거들떠보지도 않고 선생님에게 버릇없이 구는 걸 보고 내가 속이 상했을 거라고 생각해서 그러는 거야."
 "그렇지만 우리 담임 빈딩거는 늘 수염에 노른자를 묻히고 다닌다고요. 그건 누가 뭐래도 사실이에요."
 "루트비히야, 빈딩거 선생은 아주 점잖고 예의 바른 사람이더라. 장래가 아주 유망한 그런 사람이야. 그리고 마리한테도 아주 친절하게 대해 주지. 그 사람이 마리한테 너 때문에 얼마나 걱정이 많으냐고 그러더래. 그러니까 너는 아무 말 않고 잠자코 있는 게 좋을 것 같다."

그래서 나도 더는 말하지 않았다. 우리 누나한테 나를 고자질하다니 그 작자는 도대체 어떻게 돼먹은 인간인지, 나는 그 빈딩거 선생이 도무지 정상이란 생각이 들지 않았다.

그날 수업 시간에 빈딩거가 또 나를 지명해 문제를 풀라고 시켰다. 나는 그날도 역시 예습을 해 가지 않았기 때문에 빈딩거가 묻는 것에 제대로 대답하지 못했다.

"야, 이놈아. 왜 또 예습을 안 해 온 거냐?"

나는 처음에 빈딩거에게 무어라고 대답해야 할지 잘 알 수가 없어서 어물어물했다. 그러다가 결국 이렇게 대답해 버리고 말았다.

"어제는 집안에 사정이 생겨서 도저히 예습을 할 수가 없었습니다."

"집안 사정 때문에 예습을 못 했다니? 그건 또 무슨 말도 안 되는 수작이냐!"

"어제는 읍내 무도회 때문에 하루 종일 집 안이 떠들썩했거든요. 옷을 가져와야 할 재봉사는 시간이 다 되도록 오지를 않지, 그 옷을 입을 사람은 옷이 안 온다고 울고불고 난리를 피우지……. 결국은 제가 부랴부랴 그 옷을 찾으러 옷 가게까지 가야 했습니다. 그리고 저는 그 옷을 찾아 가지고 뛰어오다가 넘어져서 발목까지 다쳤어요. 그래서 그걸 치료하느라고 예습은 엄두도 낼 수 없었어요."

그는 내 말을 믿지 않는 것 같았지만, 그렇다고 내 말이 사실이 아니라는 것을 증명할 방법도 없었다. 그래서 그런지 그는 나에게 아무 욕도 하지 않고 그냥 놓아주었다.

그 뒤 며칠이 지나서였다. 내가 학교에서 돌아오자, 거실 소파에 앉아 있던 마리 누나가 나를 보고 고래고래 고함을 질렀다. 나는 처음엔 마리 누나가 도대체 뭐라고 고함을 지르는지조차 알아듣질 못했다. 어머니가 옆에서 누나를 뜯어말렸다.

"이제 그만해라, 마리야. 좀 조용히 하렴."

"저 개망나니 자식이 기를 쓰고 나를 불행하게 만들려고 저렇게 난리잖아요!"

나는 여전히 뭐가 뭔지 알 수 없었다. 그래서 도대체 무엇 때문에 그러느냐고 물어보지 않을 수 없었다.

"아니, 도대체 무엇 때문에 그렇게 동네방네 떠나가도록 소리를 지르고 야단이야, 누나? 뭐 못 먹을 거라도 먹은 거야?"

그러자 이번에는 어머니까지도 몹시 화를 냈다. 나는 이제까지 어머니가 그렇게 무섭게 화를 내는 것을 한 번도 본 적이 없었다.

"이 녀석아! 네가 도대체 뭘 잘했다고 그렇게 입을 놀리는 거야? 그동안 누나한테 한 짓은 무엇으로도 변명할 수가 없어! 이 녀석아! 공부 안 한 것으로도 부족해서 거기에다 누나 핑계를 대? 뭐, 어째? 누나 옷 심부름 때문에 옷 가게에 다녀오다가 넘어져서 발목을 다쳤다고? 이 녀석아, 그래 놓았으니 빈딩거 선생님이 우리 집안을 대체 어떻게 생각하겠니? 무도회 때문에 온 집안이 발칵 뒤집히고 쑤셔 놓은 벌집같이 되는, 품위 없는 집으로밖에 더 생각하겠어? 이 망나니 같은 녀석아!"

"그 사람은 우리 집 식구들이 모두 거짓말만 한다고 생각할 거예요. 나까지 포함해서 말이에요!"

마리 누나는 또 한 번 이렇게 찢어지게 소리를 지르더니 젖은 손수건으로 눈을 눌렀다. 그렇게 하면서 울어야 눈이 붓지 않는다는 말도 잊지 않으면서…….

내가 그 자리에 계속 있으면 도무지 그들의 화가 가라앉지 않을 거란 사실을 나는 잘 알 수 있었다. 그래서 나는 망설이지 않고 즉각 밖으로 나갔다. 그리고 저녁 식사도 내 방에서 먹었다. 그 일이 있었던 것은 금요일이었다.

그런데 다음 일요일에 어머니가 갑자기 내 방으로 건너왔다. 그러더니 아주 정다운 목소리로 나더러 함께 거실로 나가자고 했다. 나는 무슨 일인지 도무지 영문을 알 수 없었지만, 그래도 어머니를 따라 거실로 갔다.

거실에는 빈딩거가 서 있었다. 마리 누나가 그에게 기댄 채 다소곳이 서 있다가, 내가 나타나자 곁눈으로 무섭게 흘겨보았다. 어머니는 나를 그들 앞으로 데리고 가더니 이렇게 말했다.

"루트비히야, 이제 네 누나 마리가 너의 담임 선생님 부인이 된단다."

그러더니 어머니는 갑자기 손수건을 꺼내 들고 울었다. 마리 누나도 따라서 울었다. 빈딩거는 내 앞으로 다가와 손을 내 머리에 얹더니 말했다.

"이제 우리 다 같이 힘을 모아 이 아이가 사회에 쓸모가 있는 사람이 될 수 있도록 노력해야 하겠습니다."

그 목소리는 그가 역사 시간에 우리의 옛 선조 이야기를 할 때면 항상 끄집어내는 그 굵은 목소리였다. 이 목소리를 이젠 우리 집에서까지 들어야 했다. 이보다 더 불행할 수는 없었다.

똑똑한 여자아이

내 방에서는 폴벡 씨네 정원이 내려다보였다. 우리 집 뒷마당이 그 집의 골목 쪽으로 향해 있기 때문이었다.

오후에 내 방에서 학교 숙제를 하고 있으면, 고문관인 폴벡 씨가 그의 부인과 함께 다정하게 커피를 마시며 앉아 있는 모습이 보였다.

그들이 나누는 이야기 소리도 거의 다 알아들을 수 있었는데, 그들의 대화 내용은 언제나 한결같았다.

"우리 공주님 그레트헨은 도대체 무얼 하기에 이렇게 오랫동안 보이질 않는 것일까요?"

이렇게 폴벡 씨가 물어보면 그 부인은 언제나 이렇게 대꾸하는 것이었다.

"어머나, 당신도 참. 그 착한 애가 공부를 하지 뭘 하고 있겠어요."

그 당시 내 생각으로는 사람이 공부하기를 좋아한다는 사실을 도저히 이해할 수 없었다(물론 지금도 마찬가지지만). 게다가 공부 때문에 커피를 마시지도 못하고, 그 밖에 다른 일을 못할 정도라니……. 도무지 이해할 수 없는 일이었다.

그러나 어쨌든 나 역시 그런 면에서 그레트헨에게 강한 인상을 받은 것은 사실이었다. 물론 그렇다고 해서 내가 그 애처럼 해 보려고 했다는 것은 아니지만.

우리 학교에서도 그레트헨 폴벡에 관한 이야기가 자주 들렸다. 대부분의 아이들은 그 아이에 관해서 '똑똑한 체하기만 하는 메스꺼운 못난이'라고 말했다. 하지만 나는 들려오는 이야기 때문에 무작정 그렇게만 생각할 수는 없었다. 그렇다고 다른 애들이 그레트헨 이야기를 할 때 변호를 해 준 것은 아니었다.

그런데 한번은 우리 집에서도 그 아이 이야기가 나왔다. 그 아이와 내가 비교되는 바람에 내가 궁지에 몰리게 된 것이었다. 그렇게 되니, 나 역시 이제는 그 아이에 관해서 좋은 말을 할 수가 없었다. 그래서 그 계집애는 양말도 뜰 줄 모르고, 머릿속에 필요도 없는 허섭스레기나 잔뜩 채워 넣고 있는 멍청한 계집애라고 퍼붓고 말았다.

그러자 어머니는 나를 나무라면서 내 말을 가로막았다.

"얘, 루트비히야. 네가 저 똑똑한 애만큼만 열심히 공부한다면 난 진심으로 하느님께 감사할 거야. 그 아이는 부모를 즐겁게 해 줄 뿐이잖니. 너처럼 내놓기도 창피한 그런 성적표를 가져오지도 않을 테고."

나는 남과 비교당하는 것을 몹시 싫어했다. 그러나 어머니는 그것이 교육적으로 가치 있는 행동이라고 생각했는지, 그 기분 나쁜 이야기를 계속 꺼냈다. 물론 그 결론이야 항상 뻔했다. 나더러 그레트헨 폴벡을 열심히 본받으라는 것이 요지였다.

그러나 나는 결국 그 아이를 본받을 수 없었다. 부활절 휴가 때에도 예전과 마찬가지로 형편없는 성적표를 집에 가지고 왔던 것이다. 물론 그 성적표는 아무리 가까운 친척이라고 해도 보여 줄 만한 것이 아니었다. 그러나 어머니는 그런 것을 사람들에게 감추는 법이 없는 사람이었다.

친척들은 모두 좋아하면서 손뼉을 쳤다. 그러면서 입을 모아 다음 달부터는 어디 가까운 구둣방에 직공으로라도 보내야 한다고 아우성들을 쳐 댔다. 그러나 나는 손으로 구두를 짓는 이 훌륭한 직업을 싫어한다는 눈치를 조금도 보이지 않았다. 그러자 그들은 또 벌 떼처럼 나서서 수치도 모르는 녀석이라고 나를 열심히 씹어 댔다.

그해 부활절 휴가는 정말 재미없는 하루하루의 연속이었다. 집안 친척들은 모두 짜기라도 한 것처럼 일제히 합세하여, 내가 재미있는 일을 조금도 하지 못하도록 방해하곤 했다.

그러던 어느 날, 어머니는 드디어 나를 좋은 길로 인도할 방법을 알아냈다고 말했다. 그것은 다름이 아니라, 나를 그레트헨과 사귀도록 한다는 것이었다. 어쩌면 그 아이가 나에게 좋은 영향을 주어서 나도 그 아이처럼 열심히 공부하게 될지도 모른다는 얘기였다.

고문관 폴벡 씨도 이런 생각에 동의한다는 뜻을 비쳤다는 것이다. 그래서 나는 그날 오후부터 그 여자아이와 함께 시간을 보낼 준비를 해야 했다. 당연히 이런 일은 내 성미에 맞지 않았다.

우리 라틴 어 학교 학생들은 여자아이와 사귀는 것을 결코 당연하게 생각하지 않았다. 그리고 또 다른 이유로, 나는 그 여자아이와 사귀는 것이 두려웠다. 거기에는 내 나름대로 이유가 있었다. 다름이 아니라, 앞으로 나보다도 그 여자아이가 나를 만나는 것을 더 끔찍하게 여길 게 분명하다는 예감이 들었기 때문이다.

그러나 물론 이런 나의 걱정은 아무 소용도 없었다.

나는 점심을 먹자마자 바로 어머니와 함께 그 집으로 가야 했다.

우리가 그 집에 들어갔을 때 폴벡 씨 부부는 탁자 앞에 앉아 커피를 마시고 있었다. 그런데 그레트헨은 그 자리에 없었다.

"야, 이것 좀 봐. 우리 아이는 그 사이에 또 공부를 하러 간 모양이야."

폴벡 씨가 말했다. 그러자 그 부인이 나서서 거들었다.

"그 애는 아마 지금 지리학 공부를 하고 있을 거예요. 어제저녁에 오늘은 지리 공부를 해야 한다고 했거든요."

어머니는 아주 심각한 표정으로 고개를 끄덕였다.

어머니의 그런 모습을 보자, 정말 무언가 날카로운 것에 가슴이 쿡 찔리는 듯한 느낌이 들었다. 그래서 나도 착하기만 한 어머니를 한 번쯤은 기쁘게 해 드려야겠다고 마음속으로 다짐했다.

고문관 폴벡 씨는 손가락으로 장단을 맞추듯 탁자를 두드렸다. 그러면서 눈썹을 있는 대로 추어올리더니 묘한 베를린 억양으로 말했다.

"으흠, 그래 지리학이라……. 그렇지, 지리학도 공부를 하고 연구해야지. 인간은 결국 모두 다 이 지구 위에서 살고 있는 존재니까 말이야."

어머니는 이때 나를 화제에 끌어 들이려고 나에게 물었다.

"애, 루트비히야. 너희도 지리학 과목을 배우니?"

고문관 부인은 다른 집 아이들도 자기 딸과 똑같은 것을 배우리라고 기대하는 어머니를 비웃는 눈치였고, 폴벡 씨는 몹시 궁금하다는 표정으로 나를 뚫어지게 쳐다보았다.

애초에는 나도 그럴 생각이 없었다. 하지만 이 사람들이 하는 꼴을 보니, 나도 모르게 한 대 먹여 주고 싶다는 생각이 치밀어 올랐다. 그래서 나는 이렇게 비꼬는 말을 하고야 말았다.

"그건 뭐 굳이 지리학이라고 할 것도 없어요. 그냥 지리라고만 해도 충분한 거니까요. 그리고 그런 건 우리 라틴 어 학교에서는 아예 취급하지 않아요. 학문이라고 할 수도 없는 과목이니까요. 아마 사립 여학교 같은 데서는 그런 것도 가르쳐 줄 겁니다."

나는 이 바보 같은 위인들의 코를 납작하게 만들고 싶어서 이렇게 말했다.

그러나 결과는 내 의도와는 완전히 반대였다. 오히려 내 말에 낭패스러워한 것은 어머니였던 것이다.

어머니는 내 말보다는 그 집 사람들 생각이 옳다고 여기는 모양이었다. 그리고 나보다는 그 사람들이 훨씬 더 아는 게 많다고 생각했다. 그래서 그런지 마치 내 말 때문에 큰 무안이라도 당한 듯 낭패스러워하는 것이었다.

게다가 풀백 고문관이란 작자는 내 말을 듣고 어머니를 아주

딱하다는 눈길로 쳐다보기까지 했다. 어머니의 눈에는 눈물까지 고였다. 너무 창피했던 것이다.

어머니를 그렇게 무안하게 만든 그 바보 같은 늙은이는 이맛살을 잔뜩 찌푸리더니 눈을 나에게로 돌렸다. 그 찌푸린 이맛살이 무엇을 말하는지 나는 잘 알고 있었다. 즉 나의 장래가 걱정스럽다는 확신의 표시였다.

"너는 배움의 필요성을 부인하는 아이구나. 그러니 네가 부활절 방학 때 받아 온 성적표가 제대로 된 것일 리가 없지. 너의 딱한 어머니도 이렇게 실망하시게 만들고······. 너는 지리라고 말하는 것이 지리학이라고 말하는 것보다 세련된 표현이라고 생각하는 모양인데, 어떤 분야든지 그걸 깊이 파고 들어가다 보면 학문의 경지에 이르게 되는 거다. 그렇게 되면 사람들은 그걸 그냥 지리라고 하지 않고 지리학이라고 일컫는단다."

그 작자의 그런 설교를 듣고도 나는 그자가 기대했던 만큼 기분이 상하거나 그러지는 않았다.

물론 그따위 엉터리 설교를 참고 들어야 하는 쪽이 설교를 하는 쪽보다 기분이 훨씬 더 상하는 것만은 사실이었다.

그 작자의 거드름에 정말 입맛이 다 썼다.

그 아이처럼 되지는 못하지

 마침 그때 그레트헨이 우리가 있는 곳으로 나와서 나는 속으로 무척 기뻤다.
 그레트헨이 등장하자 고문관 부부는 떠들썩하게 그 아이를 맞았다. 내가 창문에서 내다보던 모습과는 딴판이었다. 그들은 자기들이 이 모범생 아이를 얼마나 자랑스럽게 여기고 있는지를 어머니에게 보여 주고 싶어서 안달이었던 것이다.
 부모야 그렇다 치더라도 그런 대우를 낯간지러워하지도 않고 당연하게 받아들이는 그 아이는 또 어떻게 돼먹은 아이인가 싶었다. 다리는 껑충하게 비쩍 말라 엉성하고 못생긴 계집애가 말이다.

이제 겨우 열여섯 살짜리인 그 계집애는 자기는 단 한 번도 인형 따위는 갖고 논 적이 없다는 듯, 아주 점잔을 빼면서 코끝을 치켜들고 자리에 앉았다.

"그래, 이제 지리학 공부는 다 끝냈니?"

그 아이의 어머니가 딸에게 곰살궂게 물었다. 그러면서 그 여자는 나를 도전적인 눈초리로 바라봤다. 감히 내가 폴벡 집안의 똑똑한 가족들과 학문적인 논쟁을 계속할 수 있을지를 탐색하는 듯한 눈초리였다.

그러자 그레트헨이 눈을 내리깔고 대답했다.

"아뇨, 아직 다 끝내지 못했어요. 오늘 저녁에 몇 가지 더 조사하고 정리해야 할 게 남아 있어요. 지금 잡은 주제가 저한테는 무척 흥미진진하거든요."

그 계집애가 거드름을 피우며 말하는 모습은 마치 유명한 대학 교수라도 되는 듯한 태도였다. 그러자 폴벡 씨는 매우 자랑스러워하는 표정을 지으며, 어떠냐는 듯이 다시 한 번 나를 쳐다보았다.

"토마 군, 그래 자네는 이런 얘기를 듣고도 지리가 제대로 된 학문이 아니라고 말할 수 있는가?"

나는 그냥 얼굴을 돌려 무시해 버렸다. 그러자 폴벡 씨는 다시 자기 딸에게 물었다.

"너는 이 문제에 대해 어떻게 생각하니?"

그러나 그때 마침 그레트헨은 주먹만 한 빵을 입에 통째로 집어넣었기 때문에 대답할 수가 없었다. 그저 아무렇게나 고개만 끄덕거릴 뿐이었다. 그래서 폴벡 씨의 질문은 흐지부지되고 말았다.

그러나 어머니는 그런 모습들을 그저 감탄과 존경에 찬 눈으로 지켜보았다. 그저 신통하기 짝이 없는 이 여자아이를 쳐다보다가 다음에는 근심 어린 눈으로 나를 돌아다보기도 했다. 이런 광경을 보면서 폴벡 부인은 우리가 그 집을 방문한 원래 목적이 떠오른 모양이었다.

"얘, 그레트헨. 이 토마 부인이 아드님인 루트비히를 데리고 오신 건 말이야, 루트비히를 너와 사귀게 하시려는 거야. 그렇게 하면, 루트비히의 공부도 좀 나아지지 않을까 하는 생각을 하신 거지."

폴벡 부인의 말이 끝나기를 기다려 이번에는 어머니도 거들었다.

"그레트헨 양이 공부를 열심히 잘한다는 사실은 우리 동네에 다 알려져 있답니다. 저도 그레트헨 양을 칭찬하는 소리를 주위에서 많이 듣지요. 그래서 우리 아이가 그레트헨 양과 함께 사귀면서 가까이 지내게 되면, 우리 아이도 배우는 것이 많아지지 않을까 생각했답니다. 물론 우리 아이 성적이 좀 나쁜 편이긴 하지만 말이에요."

그러자 고문관 폴벡 씨가 어머니 말을 가로채고 나섰다.

"토마 부인, 이 아이는 성적이 조금 나쁜 게 아니라 아주 많이 나쁘지 않습니까? 그렇지 않나요?"

그렇게 말하면서 그는 나를 넌지시 노려보았다.

"네, 사실 그래요. 좀 많이 떨어진답니다. 그래서 제가 속이 상하지요. 하지만 그레트헨 양의 도움을 받고, 저 아이 스스로 어머니를 위해 지금보다 더 노력을 한다면 꼭 나아질 거라고 봅니다. 저한테도 그렇게 하기로 단단히 약속을 했답니다. 그렇지 않니, 루트비히?"

물론 나는 어머니와 약속을 했다. 그러나 나는 폴벡 씨 집에서는 그 약속을 되풀이해서 말하지 않았다. 폴벡 씨 집안사람들 앞에서는 나의 훌륭한 계획을 말하고 싶지 않았던 것이다.

결코 그렇게 할 수는 없었다. 사실 이 모범적인 가족은 내가 타락하는 걸 더 좋아한다는 것을, 그렇게 되기를 원한다는 것을 나는 마음속으로 느끼고 있었기 때문이다.

마음씨 좋고 악의 없는 어머니는 그렇지 않았지만, 나는 어머니보다 훨씬 더 민감하게 그걸 느낄 수 있었다.

그런 이야기를 우리끼리 주고받는 동안 공부를 많이 하는 이 집 따님이 먹던 버터 빵을 마저 꿀꺽 삼키고 드디어 말을 꺼내기 시작했다. 그것도 다짜고짜 반말 투였다.

"애, 너 도대체 지금 몇 학년이니?"

물론 내 성적표는 그 아이에 비교하면 훨씬 못할 것이었다. 학년으로 따져도 나는 한 학년 밑이었다. 하지만 이 세상을 살아온 경험이랄까, 그런 것은 내가 훨씬 더 풍부하고 노숙한 어른이라고 자신 있게 말할 수 있었다. 그런데 감히 그런 나를 보고 반말이라니! 그러나 지금 그런 걸 따지고 있을 상황은 아니었다.

"난 지금 4학년이다."

내가 대답했다.

"그러면 너희들은 지금 《플루타르크 영웅전》에서 코르넬리우스가 나오는 부분쯤 배우고 있겠구나?"

그레트헨의 말투는 자기가 마치 이 세상에서 처음으로 나한테 그런 사실을 가르쳐 주고 있다는 식이었다. 그러나 내가 뭐라고 대꾸를 하기도 전에 그 아이 어머니가 먼저 끼어들었다.

"너는 물론 진작 그걸 읽었겠지, 그레트헨?"

"저는 《플루타르크 영웅전》은 3년 전에 다 읽었어요. 하지만 그 책은 내용이 무척 좋아서 지금도 가끔 펴 보곤 하지요. 어제도 에파메이논다스의 전기를 다시 읽었어요."

"흠, 에파메이논다스라고? 그래, 그래. 그는 대단히 흥미로운 인물이지."

이번엔 그의 아버지가 끼어들었다.

"물론 학문에는 별로 관심이 없는 저 친구한테는 그렇지 않을 테지만 말이야."

나는 그래도 잠자코 듣고만 있었다. 그저 침묵을 지키는 것이 이들을 경멸해 주는 가장 좋은 방법이라고 생각했기 때문이다. 그러나 어머니는 그들의 그런 수작을 견디지 못했다.

"그래, 루트비히야. 너도 그 책을 가지고 있지 않니? 배웠어? 배웠다면 그레트헨 양과 그 책에 관한 얘기를 좀 해 보렴. 그래야 네가 얼마나 공부를 했는지, 그레트헨 양도 알 수 있지 않겠니?"

"우린 아직 에파메이논다스는 배우지 않았어요."

나는 마지못해 대꾸했다.

"그러면 알키비아데스는 배웠을 테지. 그 책에서 코르넬리우스 부분까지는 아주 쉬워. 하지만 5학년으로 올라가게 되면 그때부터는 정말 어려운 내용을 배우게 된다."

나는 사람을 무조건 무시하고 제멋대로 지껄여 대는 이 건방진 계집애를 코가 납작해지도록 혼내 주어야겠다고 결심했다.

그러나 당장은 아무리 약이 올라도 그저 아무 말하지 않고 잠자코 듣고 있을 수밖에 없었다. 그 계집아이는 내가 뭐라고 대꾸할 틈도 주지 않고 저 혼자서 쉬지 않고 지껄였기 때문이다.

그레트헨은 마치 감겨진 태엽이 다 풀릴 때까진 어쩔 수 없이 계속 지껄여야 하는 자동인형 같았다. 이 처녀는 어머니 앞에서 계속 낯선 라틴 어 이름들을 늘어놓았다. 그래서 불쌍한 어머니는 숨도 제대로 못 쉬고 있었다. 이렇게 지껄이고 나면 이 계집애의 머릿속이 텅 빌 것이 분명했다. 다행히 그렇게 되는 데는 그다지 긴 시간이 걸리지 않았다.

폴벡 씨 부부는 계속해서 딸에게 뭔가 그럴싸한 말을 시켜 보려 했지만, 그 아이는 머릿속에 이제 더는 남아 있는 게 없는 것 같았다. 그 계집애는 지리학 연구를 계속해야 한다는 핑계를 대고 재빨리 자기 방으로 들어가 버렸다.

어머니는 그 뒤에도 계속 그 자리에 머물러 앉아 있었다. 한껏 만족한 폴벡 씨 부부는 자기 딸이 어머니에게 준 충격을 살펴보는 것이 즐거운 모양이었다. 그들은 자기 딸의 실력에 어머니가 완전히 납작해져 버린 것을 확인하고는 회심의 미소를 지었다.

어머니는 완전히 기가 죽은 채로 폴벡 씨 부부에게 작별을 하고 나서, 나와 함께 그 집을 나섰다. 어머니는 집에 돌아올 때까지 아무 말도 없었다.

어머니는 집에 돌아와서야 비로소 입을 열었다. 어머니는 그래도 내 머리를 사랑스러운 듯 부드러운 손길로 쓰다듬었다. 그러면서 이렇게 말했다.

"딱한 녀석 같으니라고……. 너는 아무리 해도 그 아이처럼 되지는 못할 게다."

나는 온갖 약속으로 상심한 어머니를 위로하려 했다. 하지만 소용이 없었다. 어머니는 그저 슬픈 표정으로 머리를 흔들면서 이렇게 되풀이할 뿐이었다.

"아니, 아니야. 아무래도 그 아이처럼 될 수는 없을 거야."

사실 어머니 말이 맞았다. 나는 그 아이처럼 그렇게 되지는 않았다.

그때부터 5년이 지나서 나는 다행스럽게 대학 입학 자격시험에 합격했지만, 그 전해에 한 번 시험에 떨어져서 나와 같이 재시험을 봤던 폴벡 씨의 딸은 그 해에도, 또 그다음 해에도 합격을 못하고 말았으니까.

마리 누나의 결혼

아무래도 마리 누나와 빈딩거 선생의 결혼식에 관해서도 이야기를 좀 해야겠다.

두 사람의 결혼식 날은 목요일이었다. 그날은 나도 학교에 가지 않았다. 그뿐만 아니라 새 옷까지 받아 입었고, 여느 때보다 아침 일찍 일어나야 했다.

집 안은 온통 야단법석이었다. 현관문은 끊임없이 열렸다 닫혔다 하며 조금도 쉴 새가 없었다. 초인종이 울리기만 하면 어머니는 커다랗게 소리를 지르곤 했다.

"카티야, 이번엔 또 뭐냐?"

카티는 우리 집에 1년 전부터 와 있는 가정부였다. 누나도 마찬가지로 카티를 바쁘게 불러 댔다. 카티도 "네, 네, 여기 갑니다." 하면서 소리를 질러 댔다.

그러고 나서 현관문을 열면 무슨 선물 상자나 축하 전보 같은 것을 가지고 온 남자가 그 앞에 서 있곤 했다. 그러면 여자들은 다들 비명을 지르며 문을 닫아걸곤 했다. 다들 옷을 갈아입는 참이었기 때문이다.

나를 결혼식장까지 태워 갈 첫 마차가 집으로 왔다. 그러자 또 한 번 소동이 벌어졌다.

"루트비히야, 너 이제 준비를 다 한 거니?"

"저 녀석 또 넥타이가 비뚤어졌어요! 저 녀석 언제쯤이나 넥타이라도 제대로 매게 되려나!"

"제발 좀 빨리빨리 서둘러라!"

드디어 집 밖으로 밀려 나가 마차를 타게 되자 나는 속이 다 후련했다. 그 시끄러운 소동에서 벗어나게 되었기 때문이다.

마차 안에는 프리다 고모가 벌써 두 딸 바바라와 앨리스를 데리고 앉아 있었다. 그 딸들은 마치 견진 성사(가톨릭의 7성사 중 하나)를 받을 때처럼 눈부시게 하얀 옷을 입고 있었고, 머리까지 곱슬곱슬하게 파마를 하고 있었다. 프리다 고모는 내가 마차에 오르자 곧 마차를 출발시켰다.

"이제 마리는 행복하겠지. 그만하면 그 애는 남편을 잘 고른

셈이야. 게다가 또 그 사람이 네 선생님일 줄이야 누가 짐작이나 했겠니?"

이 까다로운 마나님은 늘 우리 집에 대해서 적대감을 가지고 있었다. 그리고 할 수 있는 데까지 어머니를 괴롭히려고 안달하곤 했다.

나는 벌써부터 그런 사실을 잘 알고 있었다. 프리다 고모는 우리 누나가 결혼하는 날까지도 그 버릇을 못 고치고 우리 집안을 열심히 헐뜯었다.

그래서 나는 또 한 방 먹여 주기로 했다. 고모의 딸 중에서도 그래도 좀 나은 편인 바바라에게 어째서 얼굴에 주근깨가 자꾸 심해지는 거냐고 이죽댔던 것이다. 심통 사나운 고모는 당연히 내 수법에 걸려들었다. 그래서 우리는 결혼식장인 성당에 도착할 때까지 바바라 얼굴의 주근깨 얘기로 계속 입씨름을 했다. 하지만 성당에 도착한 뒤로는 굳이 이 심술쟁이 고모와 같이 움직일 필요가 없어서 실랑이는 저절로 끝나고 말았다.

조금 있다가 마차가 또 한 대 왔다. 프란츠 아저씨와 구스티 아주머니, 그리고 그들의 아들인 막스가 마차에서 내렸다. 나는 막스란 녀석이 도무지 마음에 들지 않았다. 그 자식은 나와 동갑인데도 나만 만나면 형 노릇을 하려고 들었다.

프란츠 아저씨는 우리 친척들 가운데 가장 부자였다. 그는 인쇄소를 가지고 있었는데, 신앙심이 두텁다고 남들이 인정해 줘서 성당에서 필요한 인쇄물을 모두 도맡아 인쇄했다. 덕분에 수입이 무척 좋았다. 하지만 그 누구도 그 집에서 성인들 그림 쪼가리 외에는 돈이나 먹을 것을 얻은 적이 없었다.

그는 자기가 라틴 어를 잘 아는 척했지만, 사실은 초등학교밖에 다니지 못한 처지였다. 구스티 아주머니도 신앙심이 무척 좋았다. 그래서 어머니만 만나면, 우리 가족이 미사에 잘 나오지 않기 때문에 그 영향으로 내가 사고를 치는 것이라고 씹어 대곤 했다.

그들은 들어오자마자 우선 신부에게 인사부터 했다. 이어서 구스티 아주머니는 프리다 고모와 인사를 나누었다. 그러나 인사말을 채 끝내기도 전에 프리다 고모의 눈은 구스티 아주머니의 왼쪽 손가락에 끼워진 반지를 발견했다. 그러자 고모는 이번에도 역시 한마디 했다.

"자네는 오늘 아주 그럴싸한 보석을 달고 왔네그려. 우리 같은 사람이야 백날 살아도 어디 그런 걸 구경이나 할 수 있겠나."

한스 아저씨와 안나 아주머니가 그날 함께 온 것이 나로서는 가장 기뻤다. 한스 아저씨는 산림 감독관으로 일하고 있었다. 나는 방학 때 한스 아저씨 댁에 놀러간 적이 있었는데, 그때 아저씨와 무척 재미있게 지냈다. 내가 프리다 고모의 흉내를 내며 흉을 보면 아저씨는 언제나 기분 좋게 웃었고, 프리다 고모를 꼴도 보기 싫은 살쾡이라고 같이 헐뜯었다.

평소에는 넥타이 같은 것을 매지 않고 늘 편안한 옷차림을 하던 한스 아저씨가 오늘은 높은 칼라가 달린 드레스 셔츠에 넥타이를 졸라매고 있었다. 그런 차림이 어색하고 불편한지 아저씨는 자꾸만 목 있는 곳을 어루만졌다. 그리고 모르는 사람들이 많이 보이자 어쩔 줄 몰라 하며 자꾸만 구석진 곳으로 피했다.

성당 안 결혼식장은 차츰 사람으로 가득 찼다. 우리 라틴 어 학교에서는 수학 선생과 습자 선생이 왔고, 빈딩거의 친척으로는 그의 누이동생 둘과 남동생 하나가 찾아왔다. 남동생은 어느 학교의 체육 선생이라는데 가슴을 앞으로 쑥 내밀고 있었다. 마차를 타고 오는 처녀들은 빠짐없이 남자를 하나씩 거느리고 있었다.

나는 그 처녀들을 잘 알지 못했으나 그중 단 한 명, 로사만은 안면이 있었다. 그 처녀는 마리 누나의 친한 친구였다. 처녀들은 모두 꽃다발을 가지고 있었다. 그러면서 그것으로 얼굴을 가리며 바보같이 키득키득 웃어 댔다. 별로 우스울 것도 없는데 무엇 때문에 웃는 건지 한심해 보였다. 멍청해 보이게 말이다.

이번에는 어머니와 세무 공무원인 페피 아저씨가 함께 안으로 들어왔다. 이어서 빈딩거와 마리, 그리고 아버지 대신 신부를 인도할 사람이 들어왔다. 그는 퇴직한 육군 대위로 빈딩거의 먼 친척이었다. 그는 제복을 단정하게 갖춰 입었고, 가슴엔 훈장을 달고 있었다. 그것을 보고 프리다 고모는 구스티 아주머니에게 이렇게 속삭였다.

"여보게, 그래도 무척 잘한 일이지 뭐야. 어디서 저렇게 장교까지 모셔 왔으니 말이야."

식장의 문이 열리고, 우리는 모두 한 줄로 서서 성당 안으로 들어갔다. 빈딩거와 마리는 제대 앞 중앙에서 나란히 무릎을 꿇었다.

신부님이 나와서 주례사를 한 뒤, 신랑 신부에게 두 사람은 이제 결혼할 의사가 있느냐고 물었다. 마리 누나는 아주 작은 목소리로 "네."라고 대답했다. 그러나 빈딩거는 엄청나게 크고 굵은 목소리로 "네."라고 대답했다.

피로연에서

  이윽고 미사가 시작됐다. 미사는 너무 길어서 지루해 죽을 지경이었다. 나는 한스 아저씨가 어떻게 하고 있나 궁금해서 그쪽을 돌아다보았다.

  그는 한쪽 발에 체중을 싣고 서서 모자를 들여다보고 있었다. 그러더니 이번에는 기침을 쿨럭쿨럭 하면서 머리를 긁적거렸다. 그러다가 자기를 쳐다보고 있는 나와 눈이 마주치자, 한스 아저씨는 눈을 껌뻑거리면서 엄지로 프리다 고모를 몰래 가리켰다. 그러면서 프리다 고모가 늘 하는 버릇대로 이를 쑥 내밀고 있는 흉내를 냈다.

  그 모습을 보고 나는 더 이상 참을 수가 없어서 킥킥 웃었다.

그러자 빈딩거의 남동생이 내 어깨를 툭툭 치면서 얌전하게 있으라고 점잖게 나무랐다. 구스티 아주머니도 프리다 고모 옆구리를 찔렀다. 그러면서 그 두 여자는 나를 돌아다보았다. 그러고는 몹시 실망했다는 듯 천장을 쳐다보며 머리를 흔들어 댔다.

드디어 결혼식이 끝났다. 우리는 모두 제의실로 들어갔다. 거기서 다들 축하 인사를 나눴다. 남자들은 빈딩거와 악수를 했고, 아주머니들과 처녀들은 마리 누나에게 다가가 누나의 뺨에 입맞춤을 했다.

구스티 아주머니와 프리다 고모는 옆에 서서 울고 있는 어머니에게 오늘은 다른 모든 가족들에게 축복받는 날이니 울지 말라고 말했다. 그러면서 그들 역시 어머니를 껴안고 입맞춤했다.

그러자 내 옆에 서 있던 한스 아저씨는 모자로 입을 슬쩍 가리면서 내게 이렇게 속삭였다.

"야, 엄마를 조심해서 잘 지켜야 한다. 저 두 여자는 남의 눈만 없다면 너희 엄마를 당장에라도 물어뜯을 게다."

나도 빈딩거에게 가서 축하를 해야 했다. 빈딩거는 내 인사를 받더니 의미심장하게 이렇게 말했다.

"고맙다. 나는 이제 네가 지금까지와는 근본적으로 다른 사람이 되어 주기를 진심으로 기대한다."

마리 누나는 내게 아무 말도 하지 않았지만, 내게 마음에서 우러나오는 입맞춤을 해 주었다.

어머니는 내 머리를 쓰다듬어 주면서 눈물을 흘렸다.

"얘, 루트비히야. 이제부터 정말 다른 사람이 되겠다고 나한테 약속해 주지 않겠니?"

나 역시 눈물이 나올 뻔했다. 그러나 프리다 고모가 옆에서 그 얄미운 파란 눈으로 나를 지켜보고 있었기 때문에 일부러 울음을 참았다.

그러나 나는 마음속으로 이제부터는 두 번 다시 어머니를 속상하게 하지 않겠다고 그 어느 때보다도 굳게 마음먹었다.

결혼식 피로연은 '양의 집'이라는 이름의 음식점에서 열렸다. 나는 막스와 프리다 고모의 딸 바바라 사이에 자리를 잡고 앉았다. 나는 마리 누나와 빈딩거를 쳐다보았다. 어머니는 커다란 꽃다발에 가려져 잘 보이지 않았다.

식사는 맨 먼저 맛있는 수프가 나왔고, 그다음에 커다란 생선 요리가 나왔다. 거기에다 백포도주까지 곁들여 있었다.

나는 막스에게 누가 먼저 백포도주를 빨리 마실 수 있나 시합해 보자고 했다. 막스도 그러자고 했다. 이긴 건 나였다. 내가 훨씬 더 빨리 마셔 버린 것이다.

웨이터가 와서 우리 앞에 백포도주를 또 한 잔씩 따라 주었다. 그때 페피 아저씨가 자기 잔을 두드리면서 일어나 연설을 한마디 했다.

"곱게 키운 딸이 이제 훌륭한 신랑을 만나 백년가약을 맺고 출가하게 되니, 앞날에 하느님이 주신 복이 풍성할 것입니다. 이 가정에는 더없이 큰 경사입니다."

그러고 나서 페피 아저씨는 빈딩거와 마리 누나의 건강을 위해 축배를 들자고 했다. 나도 따라서 큰 소리로 축하했고, 막스와 또다시 마시기 시합을 했다. 막스는 이번에도 졌다. 막스는 술에 완전히 취한 것처럼 얼굴이 빨개졌다.

그다음에는 구운 고기와 샐러드 요리가 식탁에 나왔다.

갑자기 또 탁자를 두드리는 소리가 나더니, 프란츠 아저씨가 자리에서 일어났다. 그는 신부의 주례로 성당에서 이루어진 혼례야말로 참으로 거룩한 것이며, 그리하여 그들의 아이들이 가톨릭 교육을 받게 된다면 그 부모들은 하느님께 크나큰 상급을 받게 될 것이라고 말했다.

그렇게 말하고 나서 프란츠 아저씨는 신부를 저렇게 잘 키운 어머니를 위해 축배를 들자고 말했다.

나는 기분이 정말 좋아졌다. 그래서 큰 소리로 환호성을 지르며 포도주 잔을 들고 어머니 옆으로 갔다.

어머니는 일어나서 여러 사람과 술잔을 부딪친 다음 이렇게 말했다.

"오늘 같은 날, 애들 아버지가 살아 있어서 이 모습을 보았어야 하는 건데……."

그러자 한스 아저씨가 술을 한 모금 마시면서 대답했다.

"아무렴, 그렇지요. 하지만 그 사람도 이 기쁨을 잘 알고 있을 겁니다. 알고말고요."

막스는 다시 시험 삼아 포도주를 홀짝거리더니 한 잔 더 마셨다. 그러고도 술잔을 계속 기울였다. 그러나 나는 한스 아저씨 옆으로 가서 앉았다.

모두들 즐거워했고, 특히 젊은 처녀들은 큰 소리로 웃어 대며 연거푸 술잔을 마주 부딪쳤다. 그런 가운데서도 프리다 고모는 사방을 열심히 돌아다녔고, 구스티 아주머니와 함께 뭐라고 계속 쑥덕거렸다. 자기들이 결혼할 때에는 사람들이 결혼식에서 이렇게 마음대로 즐기지 않았다고 하는 소리가 내 귀에도 들려왔다. 구스티 아주머니는 도대체 결혼식이 너무 사치스럽다며, 어머니는 언제나 아이들한테 돈을 너무 헤프게 쓴다고 흉을 보고 있었다.

그때 또다시 탁자를 두드리는 소리가 나더니, 프란츠 아저씨가 자리에서 일어났다. 자기 아들 막스가 존경하는 빈딩거 선생, 즉 오늘의 행복한 신랑에게 경의를 표하기 위해 축시를 낭독할 것이라고 큰 소리로 말했다.

박수가 한차례 터져 나온 뒤, 자리가 조용해졌다. 막스는 축시가 적혀 있는 종이를 주머니에서 꺼내며 자리에서 일어났다. 그리고 그걸 읽으려고 입을 벌렸다.

그러나 그의 다리가 자꾸만 휘청거리더니, 결국 시를 읽지 못하고 그만 자리에 쓰러져 버리고 말았다. 모두들 소리를 지르며 자리에서 일어났다.

구스티 아주머니는 우리 아들 막스가 도대체 웬일이냐고, 소리를 꽥꽥 질러 댔다. 그러나 다른 사람들은 그 아이가 술에 취해서 그렇다는 것을 금세 알아챘기 때문에 모두들 큰 소리로 웃을 뿐이었다.

나는 프리다 고모와 구스티 아주머니를 도와서 막스를 옆방으로 옮겼다. 그 녀석을 들어서 소파 위에 눕히는 순간, 막스는 그만 술과 함께 먹은 음식들을 토하고 말았다. 그것도 프리다 고모에게!

집으로 돌아오려고 할 때 프리다 고모는 또다시 나를 닦달하면서 야단을 쳤다. 자기 딸 바바라에게 들어 보니, 막스가 그렇게 된 것이 모두 내 책임이라는 것이었다.

그러나 이제 막 신랑 신부가 신혼여행을 떠나려던 참이어서 프리다 고모가 떠드는 소리에는 아무도 귀를 기울이지 않았다. 나 역시 마찬가지였다.

마리 누나는 갑자기 울면서 어머니 목에 자꾸 매달렸다. 빈딩거는 옆에서 마치 장례식에 참석한 사람처럼 엄숙한 표정을 하고 있었다.

어머니는 마리 누나의 등을 두드려 주면서 이렇게 말했다.

"마리야, 이제 너는 아주 행복할 거다. 너는 참 좋은 신랑을 만났어."

그리고 어머니는 빈딩거를 보고 이렇게 물었다.

"자네, 우리 아이를 행복하게 해 주겠다고 약속할 수 있나?"

빈딩거는 선선히 약속했다.

"네, 장모님. 제 힘껏 그렇게 할 것입니다."

그리고 나서 마리 누나는 친척 아주머니들에게 작별 인사를 했다. 그러자 이미 나이가 마흔인데도 아직 결혼을 못 한 노처녀인 사촌누이 로테가 집이 떠나가라고 큰 소리로 울었다.

드디어 신혼부부가 떠나는 시간이었다. 빈딩거는 이미 앞서 갔고, 마리 누나는 눈물을 거두며 어머니에게 손을 흔들었다. 그리고 골목 어귀에서 다시 한 번 손을 흔들었다.

"이제 저 아이가 떠나는구나."

어머니가 울먹이는 목소리로 중얼거렸다. 그러자 로테가 심술궂게 대꾸했다.

"네, 가는군요. 마치 도살장에 끌려가는 어린양처럼 말이에요."

어린아이

 부활절 휴가가 되자 빈딩거와 마리 누나가 집으로 왔다. 그는 이미 2년 전부터 헤겐스부르크로 가서 교사 생활을 하고 있었기 때문에 나와 만나는 것도 무척 오랜만이었다.

 누나네는 두 살 먹은 어린 계집아이를 데리고 왔다. 그 아이 이름도 마리라고 했다. 그런데 누나는 그 아이를 꼭 '미미'라고 불렀고, 어머니는 '미밀리'라고 불렀다. 빈딩거는 무어라고 불렀는지 잘 모르겠다.

 그는 가끔 그 아이를 '우리 공주님'이라고 부르거나 '우리 쭈쭈'라고 부르곤 했는데, 그 계집아이는 제 아버지를 닮아 머리통이 굉장히 컸고, 코도 제 아버지 모양으로 들창코였다. 그리고 내내 손가락을 입에다 넣은 채 눈앞에 있는 것을 멍청하게 바라보곤 했다.

어머니는 역까지 마중을 나가서 그들을 껴안았다. 그러면서 어머니는 그때부터 집에 도착할 때까지 내내 똑같은 얘기를 되풀이했다.

"이제 정말 너희가 왔구나! 아니, 우리 미밀리가 어쩜 이렇게 많이 컸을까? 나는 이렇게 자랐을 줄은 상상도 못했단다."

"네, 그렇지요 어머니? 어머니 보시기에도 그렇죠? 다른 사람들도 다들 우리 미미를 보고 그렇게 말해요. 우리 집 주치의 슈타이니거 박사님도 아주 신기하다는 거예요. 발육이 참으로 좋다면서요. 여보, 그렇지 않아요? 어머니하고 지금 우리 집 주치의 선생님 얘기를 하는 중이에요."

그러자 빈딩거는 여기가 교실도 아닌데 교실에서 하는 그 말투, 이상하게 무게를 잡고 뽑아내는 그 굵직한 목소리로 대꾸했다.

"그래요, 어머님. 저 녀석은 쑥쑥 자라는 게 눈에 보일 정도라니깐요."

"참 신통도 하지……. 어쩜 이렇게도 예쁠까!"

어머니는 연신 감탄하느라 거의 정신이 없는 것 같았다. 그러나 나는 그 어린애가 조금도 신통하거나 감탄스럽지 않았다.

빈딩거는 나의 그런 태도가 못마땅했던지 이렇게 빈정거렸다.

"아, 우리 모범생께서 여기 점잖게 앉아 계시는군그래, 너한테는 아직도 시저의《갈리아 전기》가 너무 어렵겠지?"

그러더니 그는 라틴 어로 "갈리아는 세 개로 나뉘었도다." 하고 읊었다. 그것은 나더러 그다음 구절을 라틴 어로 읊어 보라는 뜻이었다. 빈딩거는 나를 보자마자 내 실력을 시험해 보고 싶은 모양이었다. 그러나 어머니는 만나자마자 내가 빈딩거에게 너무 곤욕을 치른다 싶었는지 중간에 끼어들었다.

"얘, 루트비히야. 너 아직 미밀리한테 인사 안 받았지. 어서 이리 와서 네 조카 좀 보려무나! 이것 좀 보라니까! 조그만 것이 어쩌면 요렇게도 예쁘냐. 아이고, 예뻐 죽겠어."

내가 보기에는 그 아이는 조금도 예쁘지 않았다. 솔직하게 말하자면 보통 아이들보다 오히려 못생긴 편이었다. 그러나 일단 나도 그 아이가 아주 마음에 드는 것처럼 다정하게 웃어 줬다. 마음씨 좋은 어머니는 내가 그렇게 하는 것을 보고 기뻐하며 마리 누나에게 말했다.

"얘, 네 동생이 우리 미밀리를 예뻐하는 것 좀 보려무나. 우리 미밀리가 삼촌 마음에 쏙 들 줄 알았다. 요것, 요 귀여운 것!"

거실에 아침 식사가 차려져 있었다. 우리 집 하녀인 카티도 오랜만에 바쁘게 움직였다. 소시지를 굽고, 도수가 높은 맥주도 식탁으로 날아 왔다.

나는 그저 맛있는 음식을 먹게 된 것이 기뻤다. 그러나 다른 사람들은 그 어린아이를 둘러싸고 쳐다보느라고 음식은 거들떠보지도 않았다.

그런데 그 아이는 누나가 아무리 입에서 손가락을 빼내도 다시 갖다가 집어넣었다. 손가락을 빼는 짓은 아무리 반복해도 소용이 없을 듯싶었다. 누나도 나중에는 그걸 깨달았는지 그 짓을 포기하고 아이의 모자를 벗겼다. 그러자 숱이 적은 금발의 고수머리가 드러났다. 어머니는 마치 엄청나게 신기한 것이나 발견한 것처럼 커다랗게 소리를 질렀다.

"아이고, 내 손녀딸이 저렇게 금발이구나, 금발이야!"

어머니는 손녀의 머리에다 키스를 했다. 마리 누나는 연방 그 아이에게 이렇게 어르고 있었다.

"미미야! 외할머니란다, 외할머니. 할머니 안녕하셨어요, 이렇게 인사해야지."

그러나 그것은 누가 보기에도 말도 안 되는 무리한 주문이었다. 그러나 정작 부모 생각에는 그게 그렇지 않은 모양이었다. 자기네들의 기술이나 정성이 부족해서 그렇지, 그 어린아이가 충분히 그런 인사를 할 수 있다고 생각하는 모양이었다.

빈딩거도 그 아이에게 허리를 굽히고는 '쭈쭈' 하고 소리를 지르며 얼러 댔다.

그러자 두 살짜리 아기는 "으앙!" 하고 울음을 터뜨렸다. 그뿐만 아니라 뭔가가 목에 걸렸는지 캑캑거렸다. 누나는 어머니 귀에 무어라고 한마디 하더니 아기를 안고 밖으로 나갔다.

빈딩거는 자리에 남아 있었으나 식사를 할 생각은 하지도 않고 불안한지 방 안을 서성이기 시작했다. 그러더니 걸음을 멈추고 밖에다 귀를 기울이며 물었다.

"여보, 별로 대단한 건 아니겠지?"

"네, 아무렇지도 않아요."

누나는 그러고서도 한참 더 밖에 있다가 아기를 데리고 들어왔다. 어머니가 그 뒤를 따라 들어오면서 말했다.

"너무 오래 기차를 타고 온 데다 갑자기 낯선 사람을 너무 많이 만나서 그런 모양이야. 얘가 너무 흥분해서 한꺼번에 탈이 난 것 같구나."

사람들이 모두 자리에 앉았을 때는 구운 소시지는 물론 수프까지 싸늘하게 식은 뒤였다. 우리는 그제야 모두 음식을 먹기 시작했다. 부활절을 축하하며 술잔을 부딪쳤다.

어머니는 이렇게 즐거운 일은 정말 오랜만이라고 이야기했다. 우리가 모두 한자리에 모여 앉은 데다 마리 누나의 얼굴이 무척 좋아 보이고, 또 이렇게 어여쁜 미릴리가 함께 있기 때문이라고 말했다. 게다가 내 성적이 전보다 나아졌다는 얘기도 했다.

그러나 빈딩거 앞에서 내 성적 이야기를 꺼낸 것은 완전히 어머니의 실수였다. 그는 내 성적 때문에 어머니가 기뻐한다는 사실을 도무지 이해하지 못했던 것이다. 그래서 나는 그에게 성적표를 가져다 보여 주어야 했다. 그는 성적표의 교사 평가란에 적혀 있는 글을 일부러 소리 내어 읽었다.

"이 학생은 재능은 평범한 편이나 줄기차게 노력을 하고 있어서 성적이 점차 좋아질 것으로 사료됨."

그러고 나서 그는 각 과목의 점수를 하나하나 소리 내어 읽었다.

"라틴 어 65점, 흠 이건 내가 예상했던 대로다. 그리고 수학 72점, 그리스 어는 기껏 63점, 너는 이 과목 성적이 왜 이렇게 엉터리냐?"

멍청한 빈딩거

 빈딩거는 별 이상한 놈 다 보겠다는 듯 나를 바라보면서 따지듯이 물었다. 그러자 어머니가 중간에 끼어들었다.
 "루트비히는 가끔 그리스 어 과목 때문에 비명을 지르곤 한다네. 그 과목이 무척 어려운 모양이지?"
 어머니가 나를 변호해 주지 않는 편이 차라리 훨씬 나았을 것이다. 나를 감싸고도는 어머니의 태도야말로 나를 씹어 대고 싶은 빈딩거의 의욕에 불을 지르는 격이었으니까 말이다.
 그는 이제 아주 정색을 하고 나섰다. 마치 자기 반 문제아의 부모와 면담이라도 하는 듯한 태도였다.
 "도대체 어떻게 그런 소리를 할 수 있는지 전 도무지 이해할 수가 없답니다. 늘 그렇게 말도 되지 않는 소리를 하다니, 정말 이건 어리석은 짓입니다. 그리스 어야말로 너무너무 쉬운 과목입니다. 마음껏 놀면서 대충대충 해도 쉽게 배울 수 있는 게 그리스 어예요."

그는 도무지 이해할 수 없다는 표정을 지었다. 그러자 어머니가 나에게 말했다.

"그런데 너는 왜 점수가 63점밖에 나오지 않은 거냐? 모르는 게 있으면 이제 매형도 오셨으니 자세히 물어보려무나, 루트비히야."

빈딩거는 내가 대답하기를 기다리지도 않았다. 그 점 하나는 나로서도 고마운 일이었다.

그는 다리를 꼬고 앉아 천장을 올려다보면서 저 혼자 큰 소리로 지껄여 댔다.

"하하하, 그리스 어가 어렵다니! 그리스의 도리아 지방 사투리를 한번 들어 보아야 할 텐데! 그러면 지금 학교에서 배우고 있는 그리스 표준어가 어렵다는 소리는 결코 할 수 없을 텐데. 또 아티카의 방언은 말할 필요도 없고 말이지. 말 그대로 이오니아의 표준 그리스 어는 그 구조가 얼마나 기가 막히게 되어 있는데, 그따위 소리를 하다니……. 저로서는 그런 이야기는 처음 듣습니다. 그런 말을 한다는 것은 결국 형편없는 편견을 가지고 있다는 것을 스스로 드러내는 것이나 마찬가지죠."

"내가 잘 몰라서 그렇게 생각했을 뿐이고, 루트비히가 하는 말이……."

어머니는 빈딩거의 공박을 받고 어쩔 줄 몰라 하며 쩔쩔맸다. 그러자 마리 누나가 나서서 어머니를 거들었다. 누나는 한없이 잘난 척 뻐기고 있는 빈딩거의 말을 가로막았다.

"아이 참 여보, 생각 좀 해 보세요. 어머니가 그리스 어에 대해서 무슨 편견을 갖고 계신다고 지금 그런 이상한 얘기를 늘어놓는 거예요?"

그때서야 비로소 그 이야기가 끝이 났다. 내가 보기에, 빈딩거는 장가를 갔어도 여전히 멍청했다. 거기에다 대면 마리 누나가 훨씬 영리한 편이었다. 사태를 수습하면서도 남편을 이렇게 두둔하는 걸 잊지 않았으니까 말이다.

"저이는 자기 직업에 너무 열심이에요. 다른 때는 사람이 턱없이 좋다가도 자기 분야와 조금이라도 관련된 이야기가 나오면 금방 저렇게 융통성 없이 열을 올리곤 해요."

"암, 그래야지. 사람은 그렇게 자기 직업을 소중히 여기고 열심히 해야지. 루트비히야, 너도 이제 알았겠지? 그리스 어가 무척 쉽다는 걸 말이야! 저런, 저 꼬마 미밀리 좀 보게나. 저렇게 점잖게 앉아서……, 정말 순하게 노는구나!"

어머니는 이렇게 모두가 기분 상하지 않게끔 적당히 분위기를 바꿔 놓고는, 그 멍청한 사위가 또 우둔한 짓거리를 할까 봐 겁이 났는지 어린아이에게로 관심을 돌려 버렸다.

그러자 어린아이는 어머니를 쳐다보고 웃더니, 별안간 입을 벌리고 "구구 다다!" 하고 소리를 지르면서 발장구를 치고 손을 내밀었다. 물론 그 정도의 행동은 특별한 것이 아니었다. 하지만 온 집안 식구들은 마치 무슨 기적을 보기라도 한 것처럼 야단법석을 떨었다.

"너희도 들었니? 저 아이가 '구구 다다' 하고 외치는 소리 말이야!"

어머니는 그 소리가 그렇게 듣기 좋은지 정신이 없었다. 그 소리를 몇 번이고 되풀이해서 들려주는 것이었다. 그러자 그 소리를 번역한답시고 빈딩거가 나섰다.

"저 아이는 그게 우리 아빠라고 한 거예요. 그렇지 미미야? 그리고 또 할머니라고 말한 거야, 그렇지 미미?"

"아이고, 어쩌면 이 아인 이렇게 똑똑할까. 저 나이에 저런 아이는 나는 여태까지 보지를 못했다. 아이고, 귀여운 내 새끼!"

어머니는 어린아이의 뺨에다 입을 쪽쪽 맞춰 주면서 크게 소리를 질렀다. 빈딩거는 무척 흡족한지 히죽 웃었다. 그러자 그의 커다란 이들이 훤히 들여다보였다.

그는 식탁 너머로 허리를 굽히고는, 집게손가락으로 어린아이의 배를 쿡쿡 찌르면서 말했다.

"이 아이는 무척 머리가 좋아요. 그래서 언제나 정신을 똑바로 차리고 주위를 유심히 살펴봅니다. 앞으로 이런 방향으로 계속 발전시켜야겠어요."

어머니는 나도 그 아이를 봐주기를 원했다. 그러나 나는 빈딩거에게 무척 감정이 상해 있었다. 그래서 일부러 이렇게 물었다.

"도대체 저 아이가 무슨 말을 했다고 다들 그래요?"

그러자 어머니는 펄쩍 뛰면서 질색을 했다.

"루트비히야, 너 방금 저 아이가 '구구 다다' 하고 말하는 소리 못 들었니?"

"그게 무슨 소린데요? 그거야말로 정말 아무 말도 아니잖아요."

"애는 지금 아빠라고 말하는 거란다. 너는 꼭 그렇게 쌀쌀맞게 굴어야겠니, 루트비히야?"

누나는 거의 울상이 되어 말했다. 여자들은 역시 그런 분위기를 알아채는 데는 감각이 예민했다.

"너는 어째서 그런 것도 알아듣질 못하니. 누구나 다 알아듣는데 말이야."

어머니도 화가 난 얼굴로 누나를 거들었다. 그러나 나는 이번에는 져 주고 싶지 않았다.

"난 그따위 소리는 무슨 말인지 몰라요."

"도대체 네가 아는 게 뭐란 말이냐, 이 엉터리야. 네가 언젠가 아리스토텔레스를 배우게 되면 우리 아이가 하는 말이 의성어라는 것을 이해할 수 있을 거다. 그것은 음성을 흉내 내서 하는 말이란 말이야."

빈딩거는 학교에서처럼 으르렁거리며 두 눈을 부라렸다. 그 통에 그 바보 같은 어린아이가 울기 시작했다.

마리 누나는 부랴부랴 아이를 껴안고 자리에서 일어나 왔다 갔다 했고, 어머니도 그 곁을 따라 다니면서 아이를 얼렀다.

"우리 아기가 또 예쁜 짓을 할 거야. 우리 아기 '구구 다다'라는 말을 한 번 더 해 보렴."

그러자 멍청한 빈딩거가 그 뒤를 따라가며 소리쳤다.

"안 돼. 말하지 마라. 여기서는 한마디도 더 할 필요가 없어. 저 자식은 네가 아무리 대단한 걸 보여 줘도 아무것도 인정하지 않을 테니깐 말이야."

그제야 나는 기분을 풀고 실컷 웃을 수 있었다.

작품에 대하여

악동 이야기

작품 개요

◆ **작품 소개**

루트비히 토마의 자전적 성장소설

1904년 발표. 독일 최고의 풍자 작가로 꼽히는 '루트비히 토마'가 작품 속에 자신의 이름을 그대로 사용한 자전적인 소설이다. 독일의 소설가이자 극작가인 토마는 바이에른 사람들의 속물성과 반동성 등을 많은 작품 속에서 유머러스하면서도 날카롭게 풍자하였다. 그런 그의 작품은 독자들에게 많은 사랑을 받았는데, 그 대표작이 '악동 이야기'라고 할 수 있다. 이 작품에서는 못 말리는 악동이지만 거짓과 위선을 싫어하는 순수하고 유쾌한 소년이 등장해 어른들의 위선과 편견을 날카로운 풍자와 유머로 풀어내고 있다. 순수와 용기를 잃어버린 어른들의 세계를 악동 루트비히의 눈으로 바라보고 솔직하게 담아낸 작품이다.

◆ **줄거리**

주인공인 루트비히는 지독한 개구쟁이 악동이다. 그래도 다른 학교 아이들이 부러워하는 라틴 어 학교 학생이며, 가끔은 어머니에게 미안해할 줄도 아는 정 많은 아이이다. 이야기는 루트비히가 자기 마을로 여름휴가를 보내러 온 아르투어의 모형 기선을 양어장에서 폭발시키는 장난으로 시작된다. 장난은 계속되어 루트비히가 아르투어네 고양이 꼬리에 화약을 매달아 터트리는 사건이 벌어지자, 어머니는 그를 여름 방학 동안 초등학교에 다니게 한다. 그러나 초등학교에 간 루트비히는 여자 반장 아이를 놀려서 하루 만에 쫓겨나고 만다.

루트비히의 악동 기질은 라틴 어 학교에서도 이어지는데, 특히 신학 선생님인 팔켄베르크와 부딪친다. 루트비히는 위선적인 팔켄베르크가 학교에 생색을 내면서 가짜 조각상을 들여온다는 것을 알게 되자, 친구 프리츠와 함께 밤에 몰래 학교로 들어가 조각상을 박살 내 버린다. 그 뒤로도 루트비히는 자기 나름의 시선으로 세상을 보고 위선적인 어른들을 혼내 준다. 자기 집에 신세 지러 온 프리다 고모가 자기 가족을 헐뜯자 고모가 아끼는 앵무새를 다치게 하기도 하고, 불량소년을 선도하는 척하는 위선자 젬멜마이어 대령의 방에 화약 로켓을 날리기도 한다.

◆ **등장인물 소개**

루트비히_ 이 책의 주인공으로 어머니 속을 꽤나 썩이는 개구쟁이 악동이다. 장난이 심해서 친구의 모형 기선을 폭발시키기도 하고, 선생님이나 어른들을 골탕 먹이기도 한다. 그러나 마음이 심술궂어서 다른 사람을 무조건 괴롭히는 것은 아니다. 자기 눈으로 보기에 거짓과 위선으로 가득 찬 어른들을 혼내 주는 것뿐이다. 가끔은 어머니에게 미안해하며 다시는 장난을 치지 않겠다고 다짐하기도 하는, 순수함과 유머 감각을 지닌 용기 있고 유쾌한 소년이다.

어머니_ 아들인 루트비히를 무척 사랑해서 말썽쟁이 루트비히를 끝까지 포기하지 않는다. 루트비히의 못된 버릇을 고쳐 보려고 루트비히를 방학 동안에 초등학교에 보내기도 하고 젬멜마이어 대령 부부에게 부탁하는 등 여러 가지 시도를 하지만 모든 게 뜻대로 되지 않는다. 루트비히를 바르게 키우기 위해 끝없이 자기희생을 하며, 루트비히가 말썽을 피울 때마다 눈물을 흘리며 안타까워한다.

프리츠_ 루트비히와 둘도 없는 단짝으로, 루트비히 못지않은 악동이다. 팔켄베르크에게 장난을 치고 혼이 나자, 루트비히와 함께 팔켄베르크의 가짜 조각상을 부숴서 복수를 한다.

아르투어_ 루트비히가 사는 마을로 여름휴가를 보내러 온 비숍 씨 부부의 아들이다. 소심하고 용기 없는 아이이지만, 루트비히와 놀면서 조금씩 자신감을 얻는다. 그러나 모형 배 폭발 사건으로 루트비히 대신 양어장 주인에게 혼이 나자 원래의 소심하고 용기 없는 모습으로 돌아간다.

팔켄베르크_ 별명이 '어린양'인 라틴 어 학교의 신학 선생님이다. 학생들을 '어린양'이라고 부르며 성자인 척하지만, 학생들이 좋아하지 않는다. 가짜 조각상을 공짜로 학교에 들여오면서 많은 돈을 들여 산 것처럼 생색을 내는 위선적인 인물이다.

프리다 고모_ 루트비히 아버지의 여동생이다. 남을 헐뜯기 좋아하고, 기분 나쁜 소리만 골라 해서 루트비히 가족에게 미움을 산다. 루트비히네 집에 신세 지려고 왔다가 루트비히가 그녀가 가장 아끼는 앵무새를 다치게 하자 그날로 되돌아간다.

작품 해설

◆ **들어가기**

한스 안데르센의 동화 〈벌거벗은 임금님〉에서도 볼 수 있듯이 어린이들은 어른들과 달리 이해타산이 없이 순수한 눈으로 사물을 바라본다. 그래서 어린이들이 어른들보다 사물을 훨씬 더 정확하게 파악할 수 있다. 세계 문학사에서 많은 작가가 어린이를 주인공으로 삼아 성인 세계를 풍자하려고 한 까닭이 바로 여기에 있다. 미국 작가 마크 트웨인의 《톰 소여의 모험》이 그러하고, 영국 작가 루이스 캐럴의 《이상한 나라의 앨리스》가 그러하다. 한국에서도 1950년대에 조흔파의 《얄개전》이 한때 큰 인기를 끈 적이 있다.

청소년들이 어른들을 비판적으로 보는 시각은 어느 나라, 어느 문화권이나 서로 비슷하다. 그것은 지구촌 어디에서나 볼 수 있는 보편적인 현상이라고 할 수 있다. 이렇게 어린아이를 등장시켜 성인 세계를 날카롭게 꼬집는 작품은 독일 문학에서도 찾아볼 수 있다. 흔히 독일 최고의 풍자소설 작가로 꼽히는 루트비히 토마(1867~1921)의 작품《악동 이야기》(1905)가 바로 그것이다. 문화적 자부심이 무척 높은 데다 독일에 대해 오랫동안 별로 감정이 좋지 않은 프랑스 청소년들조차 "《악동 이야기》는 다른 나라의 작품 같지가 않다."라고 생각한다. 즉 프랑스 작가가 쓴 작품처럼 읽힌다는 것이다.

◆ 작품의 배경과 내용

루트비히 토마는 흥미롭게도《악동 이야기》에서 자신의 이름을 작중인물의 이름으로 삼는다. 최근 포스트모더니즘 계열에 속하는 소설을 제외하고는 이렇게 작가가 자신의 이름으로 직접 작품에 등장하는 것은 여간 드문 일이 아니다. 즉 이 작품에서 등장하는 주인공 이름은 '루트비히 토마'다. 이름뿐만 아니라 이 작품에서 묘사하는 여러 사건도 작가의 어린 시절 경험에 뿌리를 두고 있다. 적어도 이 점에서 이 작품은 자전적 소설이라고 할 수 있다. 또한 나이 어린 주인공이 온갖 경험을 겪으면서 정신적으로 성숙해 가는 과정을 그린다는 점에서 이 작품은 성장 소설 장르에 속한다.

성장 소설 장르에 속하는 작품이 흔히 그러하듯이《악동 이야기》에서도 주인공 루트비히 토마는 편모슬하에서 성장한다. 독일의 바이에른에 사는 그는 아버지를 일찍 여위고 홀어머니와 누나들과 함께 살고 있다. 고모가 한 사람 있지만 오히려 가족을 헐뜯기에 여념이 없다. 이 밖에도 자만심으로 가득 찬 비숍 씨 가족, 허위에 가득 찬 교장 선생과 켄베르크 종교 선생, 위선자 젬멜마이어 대위 부부 등이 등장하는데 토마는 그들과 크고 작은 갈등을 일으킨다.

토마는 누가 뭐래도 짓궂은 말썽꾸러기요 개구쟁이 소년이다. 김나지움에 다니는 그는 공부를 별로 좋아하지 않는다. 공부를 좋아서 한다는 것은 도무지 이해할 수 없다고 거침없이 말할 정도이다. 게다가 꼴 보기 싫은 사람들을 어떻게 골탕 먹일까 하고 장난칠 궁리만 한다. 그래서 한국에서 나온 어떤 번역본에서는 이 소설의 제목을 '악동 이야기' 대신에 아예 '개구쟁이 일기'라고 붙이기도 하였다.

예를 들어 토마는 옆집 고양이를 닭장에 가두는가 하면, 토요일 오후에 조각상을 나르게 하는 종교 선생에게 복수하기 위해 조각상에 몰래 돌을 던져 코와 입이 떨어져 나가게 만들기도 한다. 또 분필가루를 뿌리거나, 잘난체하는 이웃집 부부가 애지중지 키우는 고양이의 꼬리에 화약을 매달아 찻잔을 깨뜨리게 하기도 하고, 프라다 고모의 잘못된 언행에 대해 고모의 앵무새에게 보복하기도 한다.

  물론 토마의 행동이 언제나 악의 없고 순수한 것만은 아니다. 예를 들어 그는 초등학교 때부터 담배를 피우고 술을 마신다. 5층 건물 위에서 사람들에게 침을 뱉기도 한다. 그러나 토마를 비롯한 어린 아이들의 행동은 조금 짓궂기는 해도 어디까지나 아이들한테서 흔히 볼 수 있는 일로 그렇게 탓할 것은 못된다. 이러한 짓궂은 행동은 어찌 보면 아이들이 성인 세계에 입문하기 위한 일종의 통과 의례일지도 모른다.

◆ **작품의 중심 주제**

루트비히 토마가 《악동 이야기》에서 다루는 중심 주제는 크게 두 가지로 나눌 수 있다. 하나는 아직 세속의 때에 묻지 않은 천진난만한 유년과 소년 시절에 대한 그리움이다. 주인공이 친구들과 함께 벌이는 온갖 행동은 이제는 다시 돌아갈 수 없는 낙원의 모습이다. 나이가 들면서 어른들은 이미 지나가 버린 소년과 소녀 시절을 애틋한 향수를 느끼며 회고할 수밖에 없다. 이러한 청순하고 순수한 어린 시절을 기억하며 성인들은 새로운 용기와 힘을 얻는다. 그러므로 이 소설은 청소년뿐만 아니라 그 시절을 기억하는 어른들도 함께 읽을 수 있는 작품이다.

한편 루트비히 토마는 악동의 눈과 입을 빌려 성인 세계를 날카롭게 풍자한다. 아이다운 맑은 마음과 눈으로 바라본 세상은 온통 거짓으로 가득 차 있고, 토마와 그의 친구들은 세상의 부조리와 위선에 짓궂은 장난으로 맞선다. 작가는 한순간도 어른들에 대한 비판의 고삐를 늦추지 않는다. 가령 어른들은 아이들에게는 정직과 성실을 강조하면서도 정작 자신들은 거짓말을 일삼고, 잘못을 인정하지 않고 변명만 늘어놓는 모순을 범한다. 그래서 토마는 어른들의 세계를 둘러싸고 있는 위선의 벽을 어떻게 해서라도 무너뜨리려고 애쓴다. 물론 그 위선의 벽은 너무 철옹성 같아서 좀처럼 무너지지 않을 때도 있다.

한편《악동 이야기》는 이 무렵 독일의 정치 현실과 무관하지 않다. 20세기 초엽 독일 제국은 군사력을 바탕으로 막강한 힘을 떨치고 있었다. 토마의 온갖 짓궂은 행동은 이러한 절대 권력에 맞서는 저항의 몸짓으로 볼 수도 있다. 그렇다면 토마가 다니는 학교는 독일 국가를 축소해 놓은 소우주라고 해도 크게 틀리지 않을 것이다. 작가 루트비히 토마가 진보에는 별다른 관심이 없는, 오히려 보수주의적 극우주의자라는 사실과는 또 다른 이야기이다.

◆ **어른들의 위선과 가식**

《악동 이야기》에서 어른들의 허위의식이나 속물근성은 토마와 같은 마을에 사는 한 부유한 이웃의 태도에서 가장 잘 엿볼 수 있다. 바이에른 마을로 새로 이사 온 그들은 토마의 집에 들러 수입은 얼마나 되는지, 가장(家長) 없이 어떻게 살아가는지 꼬치꼬치 캐묻는다. 경제적으로 풍족하게 살지 못하는 것을 보고 속으로는 경멸하면서도 토마가 라틴 어 학교에 다니며 라틴 어를 배운다는 사실을 알고는 은근히 부러워한다. 토마와 비슷한 또래의 아들이 있는 그들은 토마에게 자기 집에 놀러 오라고 한다. 두말할 나위 없이 토마가 자신의 아이에게 도움을 줄 수 있다고 판단했기 때문이다.

이 작품에서 가장 기억에 남는 장면 중 하나는 루트비히 토마가 연애편지를 썼다가 선생님한테 발각되어 처벌받는 사건이다. 이 악동에게도 어김없이 첫사랑이 찾아오고 그는 사랑하는 여학생에게 연애편지를 쓴다. 이 사건에서도 위선과 허위의식에 사로잡힌 어른들이 얼마나 어린아이들의 세계를 제대로 이해하지 못하는지 잘 알 수 있다. 토마는 편지에 무슨 나쁜 이야기를 쓴 것이 아닌데도 너무 한다며 교장 선생에게 대든다. 그러자 교장 선생은 편지를 받는 장본인이 누구냐고 꼬치꼬치 캐묻는다. 토마는 얼굴을 똑바로 쳐들고 상대방의 명예를 존중할 줄 아는 남자라면 그 이름을 털어놓지 않을 것이라고 버틴다.

그러자 교장 선생은 기분 나쁜 표정으로 그를 노려보며 "너는 우리 꽃밭에 난 독버섯 같은 놈이야. 이제 너를 뿌리째 뽑아 버리고 말겠다."라고 내뱉는다. 학교를 책임 맡고 있는 교장 선생의 입에서 이러한 말이 나온다는 것이 도저히 믿기지 않는다.

그 날 오후 이 문제를 두고 학교에서는 전체 교사 회의가 열린다. 교장 선생과 종교 선생은 토마를 퇴학시켜야 한다고 목청을 높인다. 그러나 다른 선생들이 그것은 너무 지나친 처벌이라고 한목소리로 주장하는 바람에 토마는 가까스로 퇴학을 면한다. 그 대신 토마는 학교 안에 있는 훈육실에서 여덟 시간 동안 감금당하는 처벌을 받는다.

토마는 교장 선생이 거짓말을 하는 사실에도 실망을 한다. 그는 "세상 사람들은 교장 선생이 거짓말을 한다는 건 있을 수 없는 일이라고 믿는다. 거짓말은 늘 학생들이나 하는 것이라고 생각한다. 그러나 오히려 정말 나쁜 거짓말은 교장 선생같이 높은 사람들이 더 잘한다는 것을 나는 잘 알고 있었다. 나는 학교를 졸업하고 대학에 들어가는 날에, 이 비열한 악당을 흠씬 두들겨 패 주겠다고 맹세했다."라고 말한다. 그런데 여기서 흥미로운 것은 '악당'의 신분이 바뀐다는 점이다. 지금까지는 루트비히 토마가 어른들로부터 '악당' 취급을 받았지만, 이제부터는 교장 선생 같은 어른들이 '악당' 취급을 받게 될 것이다.

◆ **작가 소개**

필명이 피터 슐레밀인 루트비히 토마는 1867년 독일의 바이에른에서 산림 감독관의 아들로 태어났다. 처음에는 삼림학을 공부하다가 나중에는 뮌헨에서 법률을 공부한 뒤 처음에는 다카우에서, 그 뒤에는 뮌헨에서 변호사로 일하였다. 그는 자신의 작품을 통해 바이에른 사람들의 속물근성, 허위의식, 반동성 등을 날카롭게 풍자하여 바이에른 향토작가로 평가받았다. 자연주의에 기반을 둔 그는 거칠고 유머러스하며 아이러니컬한 필치로 바이에른 농민의 모습을 생명력 있게 표현하였다.

토마의 대표적인 작품으로는 《악동 이야기》 말고도 《아그리코라》, 《프리다 아주머니》, 《바이에른 주의회 의원의 왕복서한》, 《안드레아스 푀스트》, 《홀아비》 등이 있다. 토마는 단막극에도 뛰어나 《지방 철도》와 시민적 속물근성을 풍자한 《도덕》 같은 희곡 작품도 남겼다.

토마는 제1차 세계대전 중 의무병으로 근무했으며, 1917년에는 독일조국당에 입당하였다. 그는 요양지 테게른 호반에서 쉰네 살의 나이로 세상을 떠났다.